KB125794

우리 고전 다시 읽기

몽유록

몽유록

임제 외 지음
구인환(서울대 명예교수) 엮음

좋은 책 좋은 독자를 만드는 -

㈜신원문화사

머리말

  수천년 동안 한 민족이 국가의 체제를 갖추어 연면한 역사와 전통을 계속해 왔다는 것은 인류 역사를 살펴봐도 그렇게 흔한 일이 아니다. 그리고 그 민족이 고유한 문자를 가지고 후세에 길이 전할 문헌을 남겼다는 것은 더욱 흔한 일이 아닐 것이다.

  이러한 면에서 볼 때 우리 한민족은 세계 어느 나라와 비교해도 손색없고, 자랑스러운 역사와 전통을 이어왔다. 우리 한민족은 5천 여 년의 기나긴 역사를 통하여 수많은 외세의 침략을 받아 백척간두의 국난을 겪으면서도 우리의 역사, 한민족 고유의 전통을 면면히 이어온 슬기로운 조상이 있었다. 이러한 까닭으로 오늘날 빛나는 민족의 문화 유산을 이어받은 것이다.

  고전 문학(古典文學)이란 실용성을 잃고도 여전히 존재할 만한 값어치가 있고, 시대와 사회는 변해도 항상 시대를 초월하여 혈연의 외침으로 우리의 공감대를 울려 주기에 충분한 문화적 유산이다. 그러므로 오늘을 사는 우리들은 조상의 얼이 담긴 옛

문헌을 잘 간직하여 먼 후손들에게까지 길이 이어주어야 할 사명감을 가져야 할 것이다.

고전 문학, 특히 국문학(國文學)을 규정하는 기준이 국어요, 나라 글자라면 우리 민족의 생활 감정을 표현한 국문 작품이야말로 진정한 국문학이 된다 할 것이다.

그러나 우리 고유 문자의 탄생은 오랜 민족 역사에 비해 훨씬 후대에 이루어졌다. 이 까닭으로 우리 민족은 일찍부터 외국의 문자, 즉 한자가 들어와서 사용했다. 이처럼 우리 선조들이 고유 문자가 없음을 한탄할 때에, 세종조에 와서 마침 인재를 얻어 훈민정음이 창제되었다. 하지만 여전히 한자가 독보적인 행세를 하여 이 땅에 화려한 꽃을 피웠다. 따라서 표현한 문자는 다를지언정 한자로 된 작품도 역시 우리 민족의 생활 감정을 나타낸 우리의 문학 작품이다. 이러한 귀결로 국·한문 작품을 '고전 문학'으로 묶어 함께 싣기로 했다.

우리 글이 창제된 이후에도 우리 선조들의 손으로 쓰여진 서책이 수만 권에 달한다. 그 가운데에서 국문학상 뛰어난 몇몇 작품을 선정하는 것은 물론 산재해 있는 문헌의 자료를 수집하기 위해 숨어 간직되어 있는 작품을 찾아내는 것도 여간 어려운 일이 아니었다. 그럼에도 이만한 성과를 거두고 이만한 고전 문학 작품을 추리는 것은 현재를 삶는 우리의 당연한 책임이자 의무이다. 다만 한정된 지면과 미처 찾아내지 못한 더 많은 작품이 실리지 못한 것이 아쉬울 따름이다.

엮은이 씀

몽유록

원생 몽유 록

원자허란 사람이 있었다. 그는 비분강개한 선비로서 기개가
남달리 뛰어났으나 세상에 용납되지 않았다. 또한 벼슬길도 그
다지 신통하지 못하였다.
　집안은 몹시 가난하였다. 관운이 없는 것은 옛날 중국 오대
(五代) 때의 나은과 비슷하였고, 집안이 가난한 것을 일컫자면
송나라 때의 원헌 정도는 되었다. 나은은 과거에 열 번이나 낙
방하였지만 이름 높은 시인이었고 원헌은 공자의 손자로서 집
안이 너무나 가난한 선비였다.
　이와 같이 원자허는 비운의 쓰라림과 가난의 슬픔을 함께 겪
어야만 하였다. 그러나 낮에는 밭에 나가 밭갈이를 하고, 밤에
는 돌아와서 옛 성현들의 글을 읽었다. 워낙 가난한지라 불을
켤 기름이 있을 리 만무하였다. 그래서 바람벽[1]을 뚫어 이웃집

---

1) 건물이나 집의 둘레나 칸살 사이를 막은 부분.

불빛을 책을 비추어 보기도 하고, 주머니에 반딧불을 넣어 두었다가 꺼내어 책 위에 놓고 글을 읽기도 하면서, 시험해 보지 않는 일이 없었다.

그는 젊었을 때부터 고대의 역사를 읽으면서, 역대의 왕조가 패망하여 나라의 운명이 다하고 국세(國勢)가 꺾이는 대목에 이르면 그는 항상 책을 덮고 그 위에 얼굴을 묻고는 흐느껴 울었다. 과거의 비통한 역사적 사실이 오늘의 자신의 처지와 같은 불우하고 무력한 인물 때문에 일어났던 것처럼 느껴지곤 하였기 때문이다.

가을도 깊어 가는 어느 날 저녁이었다. 원자허는 달빛 속에서 책을 뒤적이고 있었다. 밤이 퍽 이슥해지고 몸이 노곤하여 책상에 한 팔을 얹고 기대어 있다가 자신도 모르는 사이에 깜박 잠이 들고 말았다.

갑자기 그는 몸이 가벼워진 것 같더니, 어느새 너울너울 하늘로 날아올랐다. 마치 온몸이 찬바람에 휘말려 치솟는 듯, 날개가 달린 신선으로 화한 듯하였다.

이윽고 몸이 어떤 강 언덕에 닿았다.

긴 강물은 굽이굽이 돌아 흐르고, 사방에 산봉우리가 우뚝우뚝 솟아 있었다. 그때는 밤이 이미 깊었는지라 삼라만상은 고요히 깊이 잠들어 있고 오직 달빛만 대낮처럼 밝았으며 강물은 비단처럼 고왔다. 적막한 고요 속에 봉황새는 찬이슬이 단풍 숲에 떨어지는 듯하였다.

그는 추연히 눈을 들어 바라보았다. 천년 동안 쌓인 모든 시름이 맺혀 있는 것 같았다. 이에 한참 동안 휘파람을 불더니만 곧이어 낭랑한 목소리로 시 한 구절을 읊었다.

한이 차갑게 강물로 흐르지 않고,
갈대꽃 단풍잎은 우수수 소리치네.
이곳은 정녕 장사[1]의 언덕인가,
달빛은 밝은데 임은 어디 갔나.

그는 시를 읊으면서 이리저리 거닐었다. 한이 서린 눈길로 여
기저기를 돌아보았다. 그러자 발자국 소리가 들려왔다. 멀리서
이리로 가까이 오는 소리였다. 얼마 후 갈대 잎 사이에서 잘생
긴 사나이 하나가 나타났다.

머리에는 복건을 쓰고, 몸에는 야인의 복장을 하고 있었다.
기상이 맑고, 미목(眉目)[2]이 수려하여, 옛날 수양산에서 죽은
백이 · 숙제의 높은 절개를 가진 듯하였다.

그는 원자허의 앞에 와서 허리를 굽혔다.

"자허는 왜 이리 늦으셨소? 우리 임금께서 맞이하려 하오."

자허는 그 사람이 산에서 나온 도깨비나 물귀신이 아닌가 하
여 한참 동안 대답하지 못하였다. 그러나 속으로는 그 잘생긴
용모와 한가롭고 단아한 기품은 자신도 모르게 흠모하였다.

자허는 마침내 사나이를 따라 백 여 보 걸어갔다. 앞에는 정
자 하나가 강을 내려다보며 우뚝 서 있는데, 한 사람이 그 정자
의 난간에 몸을 기대고 서 있는 모습이 보였다. 그 모습이 왕자
(王者)의 풍도(風度)[3]와도 흡사하였다. 그 밖에 다섯 사람이 그
를 모시고 있는데, 모두 사대부 등 높은 벼슬아치들의 복장을

---

1) 한나라의 가의가 귀양갔던 곳.
2) 눈썹과 눈으로, 흔히 얼굴 모양을 일컬음.
3) 풍채와 태도.

하고 있었으나 각각 차등이 있는 것처럼 보였다. 그 모습이 세상에서도 뛰어난 호걸로 자못 풍모와 당당한 위엄이 있어 보였다.

가슴에는 옛날 고마와 도해[1]의 기개를 품은 듯, 오장육부에 경천봉일(擎天捧日)[2]의 충절을 간직한 듯, 참으로 '어린 임금과 백 리의 땅을 맡겨 사명을 다할'[3] 그런 인물들이었다. 자허가 이른 것을 보고자 그들은 모두 정중히 나와서 맞이하였다.

자허는 다섯 명에게는 예를 하지 않고 임금 앞에 나아가 배알하고, 물러나와 서 있다가 자리가 마련되기를 기다려 끝자리에 꿇어앉았다. 자허의 위에는 아까 자허를 데리고 온 그 복건을 쓴 사나이가 앉고, 그 위에는 다섯 사람이 각기 순서대로 앉았다.

자허는 자리에 앉아서도 영문을 알 수 없어 자못 불안하기만 할 뿐이었다. 이윽고 왕이 말하였다.

"내 그대의 꽃다운 소문을 듣고 마음속으로 그리워한 지 이미 오래요. 이 좋은 달밤에 만났으니, 그대는 조금도 이상하게 생각하지 마오."

자허는 몸둘 바를 몰라 자리에서 일어나 감사하고 다시 자리에 앉았다. 이윽고 고금을 통하여 나라가 흥하고 망한 것을 논하면서 이야기의 꽃이 피웠다. 모두들 이야기에 팔려 싫증내지 않았다. 복건을 쓴 사나이가 휴우 하고 긴 한숨을 내쉬면서 말

---

1) 고마는 주나라의 무왕이 주를 토벌하려고 할 때, 백이·숙제가 그 말 앞에서 머리를 조아리며 간했다는 고사에서 인용한 것. 도해는 노중련이 바다로 들어가 돌아오지 않은 고사에서 인용한 것임.
2) 하늘을 높이 들고 해를 받듦. 여기서 하늘과 해는 임금을 가리킴.
3) 《논어》의 한 구절을 인용한 것임.

하였다.

"옛날의 요임금·순임금이나 탕왕·무왕은 만고(萬古)의 죄인인 줄 아옵니다. 후세의 아첨하는 자들이 왕위를 빼앗고도 선위(禪位)를 빙자하고, 신하로서 임금을 내치고도 명분을 내세웠으니 말입니다. 천 년 동안 이와 같은 풍조가 도도히 흘러 내려왔으니, 마침내 구할 길이 없게 되고 말았습니다. 아아! 이 네 임금이야말로 도적의 시초가 되었습니다."

말이 채 끝나지 않아서 임금이 몸을 고치고 바로 앉아 말하였다.

"아니오. 이게 대체 무슨 소리요! 네 임금의 덕을 지니고, 네 임금의 시대에 살았다면 그것은 가한 일이거니와 네 임금의 덕도 없고, 네 임금의 시대에 살지 않았다면 그것은 옳지 않은 일이오. 저 네 임금에게 어찌 죄가 있다 하겠소. 오직 그들을 빙자하고 명분을 찾는 자들이 도적일 뿐이오."

이에 복건을 쓴 이는 손을 이마에 대고 머리를 조아리며 사과의 말을 하였다.

"마음속에 불평이 쌓인 나머지 부지중에 지나친 분풀이를 하였사옵니다."

이 말을 듣고 임금이 말하였다.

"사과는 그만두시오. 오늘은 좋은 손님이 자리에 가득하니, 다른 일을 얘기할 것 없소. 달도 밝고 바람도 맑으니, 이런 밤에는 어찌하면 좋겠소?"

임금이 비단옷을 벗어 주며 강촌(江村)에 내려가 술을 사 오라 하였다. 이윽고 술이 몇 순배 돌았다. 임금이 잔을 든 채로 슬픔을 이기지 못하는 듯 흐느끼면서 여섯 사람을 돌아보고 말하였다.

"경들이 어찌 각기 자신의 뜻을 말하여 마음속 깊은 원한을 풀어 보지 않겠는가?"

여섯 사람이 대답하였다.

"전하께옵서 먼저 노래를 지으시면 신들이 뒤를 이을까 합니다."

임금은 초연히 옷깃을 여미고는 슬픔을 이기지 못하는 듯 노래를 불렀다.

강물은 흐느끼며 끝없이 흐르는데,
내 시름도 이 물과 같도다.
살아서는 임금이나 죽으면 고혼(孤魂)이러니,
새 임금님은 거짓 왕 제(帝)로 높이는구나[1].
고국의 백성들은 초나라 사람인가,
예닐곱 명의 신하만이 죽음을 택하였네.
오늘 밤 어쩌다가 강루(江樓)에 올랐는가,
강물에 비친 달은 이내 수심 가득하고,
슬픈 노래 한 가락에 천지는 아득하네.

임금의 노래가 끝나자, 다섯 사람이 각기 절구 한 수씩을 읊었다.

첫째 자리에 앉은 사람이 먼저 읊기 시작하였다.

---

1) 항우가 초나라 왕 손심을 거짓 높여서 의제라고 했던 고사를 비유한 것.

부끄럽네, 내 재주, 어린 임금 받들지 못하고,
나라 잃고 임금 욕 뵈고 이 몸마저 버렸으니,
이제껏 산 것이 천지에 부끄러운 짓,
그 당시에 꾀지 못한 한이여.

다음은 바로 두 번째 자리에 앉은 사람이 한 절을 읊었다.

선조(先朝)의 부름을 받아 사랑도 높은데,
나라 일 위태로우면 이 몸 아낄손가.
가련하다, 만사는 물거품 되고 이름은 남는 것,
의(義)와 인(仁)이라 부자(父子)가 같네[2].

다음은 세 번째 자리에 앉은 사람이 읊었다.

강한 절개 어찌 벼슬로 더럽힐까,
마음속에는 아직도 고사리 캘 생각뿐인데.
이 몸 죽는 것 말하여 무엇하리까.
고운 님 여의고 통곡하는 이 마음.

다음은 네 번째 자리에 앉은 사람이 읊었다.

미미한 몸일망정 담은 크다지만,
어찌 생을 위해 나라 망함을 볼 것인가.

---

2) 성삼문이 그의 아버지 성승과 함께 절개를 지킨 일을 스스로 읊은 것이라고 함.

죽을 때 시 한 수는 그 말도 좋았거니[1],
두 마음 품은 이를 부끄럽게 여기노라.

다음은 다섯 번째 자리에 앉은 사람이 읊었다.

슬프다, 그날 나의 뜻 어떠하였던고,
죽을 뿐 뒷날 명예 논할손가.
천추에 남은 한을 씻지 못하니,
슬프다, 집현전에서 상공 글을 찬하였네[2].

다음은 복건을 쓴 사람의 차례라 그는 머리를 긁으면서 슬프게 읊었다.

눈을 들어 바라보니 산하는 옛날과 다른데,
이 정자에서 귀양살이 슬픔을 함께 하네.
흥망에 놀란 마음 간장을 찢는데,
통분한 이 충절 눈물이 절로 흐르네.
율리[3]의 청풍(淸風) 속에 도연명은 늙어 가고,
수양산 차가운 달빛 아래 백이는 굶주리네.
한 권의 청사(靑史)가 후세에 전하리니,
천추토록 선악은 사표가 되리로다.

---

1) 이개가 읊은 것으로, 그가 죽을 때 지은 시가 있음.
2) 김종서가 죽은 뒤 마침 유성원이 집현전에서 숙직하다가 교서를 전하게 되었는데, 이 사실을 부끄럽게 생각하는 구절임.
3) 도연명이 숨었던 곳.

읊기가 끝나자, 그⁴⁾는 자허에게 부탁하였다. 자허는 본래 강
개한 성품의 사람이라, 그는 눈물을 흘리면서 슬픈 목소리로 읊
었다.

지나간 옛일을 누구에게 물을손가,
황폐한 산 한 줌의 언덕뿐이로다.
원한은 정위(精衛)⁵⁾ 되어 깊은데,
영혼은 접동새 소리에 끊어진다.
고국에는 어느 때나 돌아가나,
강루에 올라 하루를 보내네.
슬프게 불러 보는 몇 가락의 노래여,
달은 지고 갈대꽃만 우수수 소리치네.

노래가 끝나자, 만좌는 추연히 눈물을 흘렸다. 오래지 않아
웬 기이한 사내 한 사람이 강루에 올라오는데, 범같이 허걸찬
무사였다. 몸은 보통 사람보다 크고, 용맹스러운 기상이 빼어나
게 보였다. 대추빛 얼굴에 별빛 같은 눈, 옛날 문천상⁶⁾의 충의
와 진중자의 맑은 기상⁷⁾을 아울러 지닌 것 같았고, 늠름한 위풍
은 사람으로 하여금 공경심을 우러나오게 하였다.
  그 사람이 임금에게 배알하고 나자, 다섯 사람을 돌아보며 말

---

4) 복건을 쓴 사람은 자허의 친구이며, 생육신의 한 사람인 연림 최덕지라고 함.
5) 상상의 새. 옛날 염제의 딸이 동해에 빠져 화했다는 새로, 늘 서산의 나무와 돌을 물어
   다가 동해를 메우려고 했지만 이루지 못해 원한을 품었다고 함.
6) 중국 송 말기의 충신. 자는 송서, 호는 문산. 1276년 수도인 임안이 함락된 후 단종을
   받들고 근왕군을 일으켜 원의 군사에 대항했지만 1278년에 사로잡혀 후에 처형되었음.
7) 춘추 시대 사람인 진중자의 청렴함을 비유한 것.

하였다.

"이 썩은 선비들과 대사를 성취시킬 수 없다."

그는 곧 칼을 뽑아 들고 일어나 춤을 추기 시작하였다. 강개한 그의 노래 소리는 슬픔과 원한이 찬 큰 쇠북이 울리는 것 같았다.

소슬한 바람이여, 나뭇잎은 지고 물결은 찬데,
칼을 안고 휘파람을 부니,
북두성은 기울었네.
살아서는 충의, 죽어서는 굳센 기백,
흉금에 품은 뜻은 둥근 달덩어리.
처음부터 잘못된 일, 썩은 선비들을 책망해 무엇하리.

노래가 채 끝나기 전에 달빛은 보이지 않고, 비는 눈물처럼 내리고, 바람도 서글프게 불어오는데, 한바탕 천둥 번개가 요란하더니 일순간에 모든 것은 사라지고 말았다.

자허는 놀라 깨어났다. 꿈을 꾼 것이었다. 자허의 친구 매월거사[1]는 이 자허의 꿈 이야기를 듣고 통분하게 생각하면서 말하였다.

"대개 예로부터 임금이 어둡고 신하가 혼미하면 마침내 나라를 정복하는 자가 많이 있었소. 이제 그 임금을 보면 현명한 군주가 틀림없고, 그 여섯 사람 다 충의지사(忠義志士)들인데, 어찌 이러한 신하로서 이와 같은 명군(名君)을 모셨으면서도 이처

---

1) 매월당 김시습을 이름.

럼 참혹하게 패망하였단 말인가. 슬프다! 나라의 대세가 이렇
게 만든 것일까? 그렇다면 불가불 시(時)와 세(勢)에 맡길 수밖
에 없는 것이다. 이것을 하늘의 뜻으로 돌린다면, 선한 자에게
복을 주고 음란한 자에게 화를 주는 것이 하늘의 도가 아닌가?
이것을 하늘의 뜻에 돌리지 않는다면 막막해서 그 진리를 알 수
가 없어진다. 이 누리는 끝이 없으니 지사의 슬픔만을 돋울 뿐
이로다."

이어 그는 곧 시 한 수를 읊었다.

만고에 싸인 슬픈 사연은,
창공을 스쳐 날아가는 한 마리 새.
찬 연기는 동작대[2]를 에워싸고,
우거진 마른 풀은 장화궁[3]을 덮었네.
슬프다! 요순 아득한 옛날이여.
달은 밝고 상강의 물은 넓으니,
근심스레 죽지가(竹枝歌)[4]를 듣고 싶네.

---

2) 조조가 세운 동작대를 이름.
3) 초나라의 아름다운 궁전.
4) 가사의 한 형식으로 당나라의 유몽득이 창작했다고 함. 남녀의 정사나 지방의 풍속을 읊
은 노래.

대관재 몽유록

내가 요새 들어 술병이 잦아 잠결에 꿈을 꾸다가 가위에 눌리
는 일이 자주 있었다. 섣달 열엿샛날 밤이었다. 팔을 베고 누워
있다가 어느새 잠이 들었다.
　나는 어떤 도성 앞에 와 서성거렸다. 성곽이 빙 둘러 있었고
누각과 대궐이 구름처럼 우뚝 솟아 있는데, 햇빛을 받아 금옥
(金玉)처럼 눈부셨다. 나는 호성전(昊聖殿)이라는 현판이 걸려
있는 곳까지 갔다. 이곳 출입은 문지기가 매우 엄하게 단속하고
있었다.
　나는 마음이 마냥 떨렸다. 몹시 두려워서 땅에 납작 엎드린
채,
　"신은 풍산 심 아무개이온데, 외람스럽게도 천자 뵙기를 청
하옵니다."
하고 말하였다. 조금 있으려니까, 이상한 향기가 물씬 풍겼다.
이어서 옥패 소리가 점점 가까이 들려왔다. 이때 십 여 인의 미

인이 다가와, 엎드려 있는 나를 공손히 붙들고 일으켜 세웠다. 그중 한 미인이 나서서 말하였다.

"천자께옵서 심 아무개를 모셔 들이라 하와 명을 받들고 나 왔습니다."

나는 깜짝 놀라지 않을 수 없었다. 등에는 식은땀이 흠씬 뱄 다. 나는 허리를 굽힌 채 이끌려 들어갔다. 한 걸음 안으로 걸 어갈 때마다 주위에는 황금의 연꽃이 아름답게 피어 있는데, 아 무리 살펴보아도 인간 세상은 아니었다.

이윽고 거추장스러운 아홉 대문을 거쳐 들어갔다. 마지막 문 을 나서니 천자가 백옥상(白玉床)에 의젓이 앉아 있었다. 용안 은 맑고 깨끗하여 선학 같고, 입고 있는 용포며 쓰고 있는 면류 관은 오색 구름이 둘려 있는 것만 같아서 그 제도(制度)를 알 수 없었다.

주위에는 공경 대신들이 둘러서서 천자를 옹위(擁衛)하고 있 었다. 아관·진홀[1]·녹장·치선 등이 좌우에서 빛났다. 퉁소와 옥저 소리 은은한 가운데 옥 같은 시녀들이 두둥실 춤을 추었 다. 비단치마가 나비처럼 휘날리고 패물 소리가 쟁쟁하였다.

나는 얼마 동안 옥으로 된 섬돌 아래 무릎 꿇고 엎드려 명령 만 하달되기를 기다렸다. 얼마쯤 있으려니, 옛친구인 읍취헌 박 은이 나와서 손을 잡으며,

"뜻밖에도 대궐 안에서 옛친구를 만났구려!"

한다. 내가,

"지금의 천자는 어느 분이신가?"

---

1) 높은 벼슬아치들이 차는 홀.

하고 물으니 박은은 작은 소리로 이렇게 자세히 설명하였다.

"가야처사 최치원이 천자로 계신다네. 몸은 뚱뚱하지만 문장이 놀랍다네. 수상 자리에 나앉은 사람은 을지문덕이며, 익재 이제현과 상국 이규보가 좌우상으로 있네. 거사 김극기·은대 이인로·양촌 권근·목은 이색·포은 정몽주며 도은 이숭인·태제 유우선·사숙재 강희맹·점필재 김종직 등이 허리에는 서각대를 띠고 이마에는 옥을 붙여 각기 요직을 나누어 맡았으며, 관각(觀閣)²⁾의 직책을 띠고 있다네. 이색은 대제학을 제수 받아 방금 문형(文衡)³⁾을 맡았다네."

"그렇다면 자네는 어떤 벼슬자리에 나 있는가?"

"천자께옵서 특별히 숭록참찬관을 제수하셨다네."

이처럼 이야기를 나누었다. 그때 붉은 옷을 입은 사자가 천자의 명을 받들고 왔다. 내게 금자광록대부의 벼슬을 제수하시고 관복을 내리셨다. 나는 백배사은하고, 이 벼슬을 세 번이나 사양하였다. 그러나 받아들일 리 없었다.

이때 천자께옵서 뜰을 올라 오라 하시어 오르니, 자리에 앉기를 권하셨다. 천자께옵서는 큰 잔치를 베풀게 하시며 나를 위로하셨다.

주악이 무르익자, 우의(羽衣)를 입은 시녀들이 춤을 추기 시작하였다. 하늘 나라 풍악이 은은히 울려 퍼졌고 금반(金盤)에 가득한 안주며 옥배(玉杯)에 넘치는 술 향기가 전신을 녹여 내는데, 실로 속세에서는 상상도 하지 못할 일이었다.

한 내시가 천자께옵서 하사하신 술 한 작(爵)을 권하였다. 나

---

2) 중국 송대 이후 한림의 별칭.
3) 문장을 저울질한다는 뜻으로, 과거의 시험관을 말함.

는 주량이 적어 다 마시지를 못하였다.

이때 고개를 들어 바라보니, 상국 이규보는 술을 퍽 좋아하며 한 말이나 마셨어도 취하지를 않았다. 그의 옷은 술 흘린 흔적이 너저분하였다. 이윽고 풍악이 끝났다. 천자께옵서는 내전으로 드시면서 좋은 집 한 채를 하사하셨다. 많은 노비가 뒤를 따랐다. 나는 걸어서 대궐을 빠져나왔다. 말에 올라 고삐를 잡으니 안장은 푹신하였다. 따라오던 노비들이 벽제를 하며, 대궐 동쪽 팔, 구 리쯤 되는 곳으로 인도하였다.

한 웅장한 저택이 우뚝 서 있었다. 여러 층으로 된 누각이 높이 솟았는데, 햇빛을 받아 붉게, 희게 빛나고 있었다. 대문에는 검을 든 문지기가 서 있었다. 난간과 창문에는 휘장이 둘러쳐 있었고, 금은으로 치장한 수십 개의 비방(比房)[1]이 있고 미인들이 머리를 아름답게 내리 빗고 비단 치마를 치렁치렁 끌면서 다투어 와 배례하고는 옷을 벗었다. 금침에서는 향기가 물씬 풍겼고 여인들은 살결이 부드럽고도 매끈하고 통통하였다. 비단 휘장을 친 창에 날이 훤히 밝아 왔다. 문득 여관(女官)들이 들어와서 아뢰었다.

"박참찬께서 오셨습니다."

나는 급히 세수를 하고는, 문 밖으로 나가 손수 손님을 방 안으로 맞아들였다. 인사를 나누고 서로 마주 앉으니, 매우 기뻐서 눈물마저 흘렸다. 참판이 먼저,

"그대가 벼슬자리에서 물러난 지 오래다가 이제는 일조에 부귀영화를 누리게 되었으니, 치하해 마지않네. 단지 섶 더미 위

---

1) 중국 주대의 제도로서 오가(五家)를 한 도합으로 함.

이 밖에 봉액(縫腋)[6]을 입고 장보관(章甫冠)[7]을 쓴 채 뜰 가운데 늘어서서 이리 닫고 저리 닫고 하면서 잡인을 금하는 사람들이 많았다.

정재 박의중 · 교은 정이오 · 중 선단 · 활곡 이혜가 그 무리 속에 있었으며, 그 나머지 무리는 이루 헤아릴 수도 없었다. 내가 비장된 서사(書史)를 마음대로 뽑았더니 동료들이 극구 말리며,

"옥급[8]과 금과는 육정(六丁)[9]이 보호하고 있으니, 함부로 누설하면 안 되네."

하였다. 잠시 시간이 흘렀다. 중사(中使)가 붉은 칙서를 받들고 왔다. 우리는 모두 뜰로 내려가 맞이하였다. 칙서를 뜯어보았다. 그것은 천자께옵서 손수 지으신 율시로서 '풍고야자송조사(風鼓夜子送潮沙)'[10]의 시구가 들어 있었다. 이 중에 '송(送)'자가 마음에 들지 않아 밤낮으로 고심하였으나 적당한 대구를 얻지 못하였으니, 학자들이 의논하여 고쳐보라는 분부하셨다.

이래서 진학사는 '과(過)'자로 고치고 정학사는 '집(集)'자로 고쳤지만, 나는 이 두 글자가 마음에 들지 않아 '낙(落)'자로 고쳐 보냈다. 천자께옵서는 낙 자가 마음에 든다 하셔 그 자로 정하셨다. 그리고 내게 수령을 제수하시고, 백 년에 한 번씩 와서 조회하라는 분부마저 내리셨다.

---

6) 선비가 입은, 옆이 넓게 터진 도포의 하나. 봉액지의(縫掖之衣)의 준말.
7) 중국 은대부터 써온 관으로, 공자가 이를 썼기 때문에 후세에 유자들이 애용하게 되었음.
8) 옥으로 만든 책 상자.
9) 둔신술을 할 때 부르는 신장의 이름.
10) 한밤중 바람 불어 모래를 날리네.

천자께옵서는 문장을 취하는 데 있어서 그 체제를 당률(唐律)에 이르고 사문(斯文)의 영수가 되었다 하더라도 문장이 낮으면 모두 문지기나 노비로 삼았다. 이에 반해, 포의(布衣)의 몸으로 가난하게 지냈으며, 비록 백수(白首)가 다 되도록 나그네 신세를 면하지 못한 사람이라 할지라도 문장이 높으면 뽑아 가려 공경(公卿)과 시종(侍從)의 반열에 참여하도록 하였다. 수령의 자리를 축하하러 온 뭇 사람들의 당부는 한결같았다.

"만일 그대의 재주가 뛰어나지 않았다면 어찌 능히 일조에 공경의 자리에 오를 수 있겠는가. 다만 안팎의 선진(先進)들이 시기해 참소하여 해칠까 저어하네. 그러니 모든 행동을 되도록 삼가고 재주를 보전하도록 하게나."

이때 시종들이 주찬을 받들어 올렸다. 음식 하나하나가 별미였다. 월녀(越女)와 제희(薺姬)[1]의 노랫가락은 구름을 멈출 듯 청하게 흘러나왔다. 서로들 눈짓을 주고받으며 수작을 하면서 정신이 없도록 실컷 부어라 마셔라 하였다. 이윽고 하직을 고하고 총총히 물러났다.

나는 동편 언덕에 올랐다. 청솔과 푸른 대밭이 숲을 이루었고 비취새가 짝을 지어 날고 있었다. 집으로 들어서니, 노비가 가산 문서를 가져와 보여 주었다. 나는 방으로 들어가 자세히 살펴보니 어무적(魚無迹)이었다. 마침내 창고를 열어 조사해 보니, 문초(紋梢)와 산호(珊瑚)며 금은보화가 헤아릴 수 없을 만큼 많았다. 나는 몹시 노하여 말하였다.

"천자께옵서는 이 나를 석숭으로 아시고 이러시는가."

---

1) 중국 월나라 여자와 제나라 여자가 예뻤다는 데에서 미인을 일컬음.

곧 모든 재물을 희첩에게 나누어주었다. 그리고 먹는 음식도 그 규모를 줄이도록 지시하였다. 시간이 흘렀다. 천자께옵서 조서를 내리셨다. 그것은 바로 혼인을 하라는 분부였다.

정처 장씨의 이름은 옥란으로, 바로 장형의 딸이라고 하였다. 혼인은 중조(中朝)에서 거행되었다. 금은 채백으로 납폐(納幣)를 삼아 근례를 행하였다. 나는 신방으로 들었다. 서로 좋아함이 갈수록 더하였다. 처음 나는 신부의 아름다운 얼굴이며 우아한 자태의 황홀함이 마치 고사산의 선녀와 같이 감히 가까이 할 수가 없었다.

얼마가 지났다. 진주리(進奏吏)[2]가 와서 관아에 앉기를 청하였다. 청의동자가 가마를 메고 칼을 든 군사가 옹위하여 대청으로 올랐다. 이곳에는 규벽부(奎壁府)라는 현판이 걸려 있었다. 그때는 마침 황혼 무렵이었다. 누각은 놀에 물들어 있었고, 화려한 거리는 사람들을 당혹하게 하였다. 나는 내려진 구슬발을 걷어붙이고 들여다보니, 짐승 모양을 한 화로에서 연기가 나고 있었다. 나는 옥대를 둘렀다. 북쪽 벽을 향하여 서서 서로 예를 나눈 뒤, 각기 금으로 만든 교의(交椅)에 앉았다.

예산 최해 · 중순 나흥유 · 영주 안경태 · 가정 이곡 · 초은 이인복 · 제정 이달충 · 사암 유숙 · 의곡 이방직 · 운재 설장수 · 팔계 정해 등 낭원 십 여 인이 일제히 나와 인사를 나누었다. 그들은 부서를 맡고 있었으나 처결한 만한 일이 별로 없었다.

천자께옵서 나를 대궐로 불러들이셔서 시를 짓는 데 있어서 쉽고 어려움을 물으셨다. 나는 이렇게 대답하였다.

---

2) 진주원의 속리. 송나라의 관청 이름인 진주원 급사 중에 예속되어 있어 조직 및 여러 관서의 부첩 등을 전국에 반포하고 또 천하의 장주를 올리는 일을 맡음.

"신은 시를 짓는 것이 가장 어려워 여러 날을 두고 애써야 겨우 한 수를 지을 수 있사옵니다. 그러나 다음달 읽어보면 결점이 백 가지로 나타나므로 다시 여러 날 걸려 갈고 닦으옵니다. 성률(聲律)로써 숨통을 삼고 물상(物象)으로 뼈대를 삼은 후에야 겨우 한 시역(詩域)에 도달할 수 있사옵니다."

천자께옵서는,

"경이 시론(詩論)하는 것을 보니 짐의 마음과 부합되도다."

하시고 매우 흡족해 하셨다. 하루에도 세 번씩이나 접견하시고 사랑하셨다. 하사하시는 물건은 한량이 없었다.

천자께옵서는 중외(中外)에 조서를 내려 일러두셨다.

"짐이 들으니, 시에는 귀법(句法)이 있어서 평담(平談)하나 천속하지 않으며, 또한 기고(奇古)히나 괴벽하지 않으며 제영(題詠)함에 있어서는 물상에 빠지지 않고, 서사(敍事)함에 있어서는 성률에 빠지지 않은 연후에야 가히 더불어 시를 논할 수 있음이로다. 시경 삼백 편과 초사를 으뜸으로 삼은 것은 바야흐로 고인(古人)이 좋아하는 것을 보고 스스로 사치한 기풍이 없도록 하기 위함이로다. 경들은 모름지기 짐의 이 뜻을 본받아 그 요체를 깨쳐야 하느니라."

이때 문천 군수로 있는 김시습은 뜻을 얻지 못함을 분하게 여겨 조정을 전복시키려고 꾀하였다. 그래서 각 고을마다 이렇게 격문을 띄워 선동하였다.

'지금의 천자는 성격이 편벽하고 당률(唐律)에만 탐닉하여, 지란(芝蘭)처럼 오직 파리할 뿐 부드럽고 부귀(富貴)한 기상이 없도다. 다만 벼슬길에만 채찍을 날려 맹교와 가도 같은 가난한 사람을 백 리 밖 외임으로 내보냈으며, 이들은 다 소식과 황정

견 같은 사람들이로다. 이에 나의 날쌘 군사를 내어 저 마른 잎 같은 천병(天兵)을 쳐부수고, 썩어빠진 학사들의 목을 베어 버리며 천자를 바꿔치우려 하도다. 소인들은 저 멀리 쫓겨날 것이며, 이 뒤부터는 우리들의 묵은 먼지를 털어 버리고 조정에 서게 될 것이로다.'

천자께옵서는 이 불의의 변란을 당하셔서 고심 끝에 심병(心病)이 중하셨다. 그러나 어찌할 수 없어 경내(境內)의 군사를 모아 무기고의 병장기를 갖추어 친히 나아가 토벌하시려 하였다. 이 때 대제학 이색이 정중히 아뢰었다.

"바라옵건대 규격부 학사 심 아무개를 보내셔서 역순(逆順)의 득실을 열거하여 효유(曉諭)하게 한다면, 병장기에 피를 묻히지 않더라도 저절로 평정되올 것이옵니다. 옥체에 해롭사오니 부디 심뇌(心惱)하지 마옵소서."

이에 천자께옵서는 몸과 마음을 깨끗이 하셨다. 그리고 장단(將壇)을 쌓은 다음, 나를 대장군으로 삼으셨다. 그리고는,

"대장군은 군사 몇 만이면 능히 평정할 수 있겠는고?"
하고 물으셨다. 나는 명을 듣고 무릎을 탁 쳤다. 충성심과 담력이 끓어올라 얼떨결에 크게 외쳤다.

"신이 듣건대 병장기라는 것은 상서롭지 못한지라 신은 쓰지 않기를 원하나이다. 제게는 휘파람을 잘 부는 비술(秘術)이 있어 추운 겨울에도 능히 우뢰를 일으킬 수 있사오며, 더운 여름에도 얼음을 얼게 할 수 있나이다. 또한 달리는 짐승과 나는 새를 마음대로 다룰 수가 있사오며, 보이지 않는 귀신마저 삼켰다 토해 낼 수 있어, 가히 앉아서도 만병을 대적할 수 있사옵니다."

38

천자께옵서는 공경 대신을 거느려 북교(北郊)까지 행차하셨다. 이곳에다 장막을 치시고 나를 전송하시면서 소매 속에서 비단주머니를 하나 내주시며 차라고 하셨다. 나는 감사하며 무릎을 꿇고 아뢰었다.

"군사는 신속함을 가장 중히 여기오니, 마땅히 난적으로 하여금 얼굴을 돌려 다시 품안에 들도록 할 뿐이오이다. 어찌 번거롭게 싸움을 하겠나이다."

즉일로 단기(單騎)로 떠났다. 대동한 자라고는 단지 노복 두어 명뿐이었다. 이틀 길을 하루에 달렸다. 열흘이 못 되어 적진에 다다랐다. 적진은 병장기가 햇빛에 번쩍번쩍 빛났다. 두 겹세 겹으로 진을 치고 있었다. 나는 정신을 차려 입술을 가다듬었다. 한 번 휘파람을 불어제치니 적들은 간담이 서늘해졌으며, 두 번 째 부니 북쪽으로 풍비박산 달아났다.

휘파람 소리가 점점 사라지자 채운(彩雲)이 몰려왔다. 때아닌 난봉(鸞鳳)이 춤을 추었고, 바다와 산의 빛깔이 변하며 천지가 진동하였다. 이제 얼마 남지 않은 적도들은 모두 바람을 안고 도망쳐 버렸다. 이윽고 적장 김시습이 무릎을 꿇고 항복하여 말하였다.

"사단(詞壇)의 노장이신 심공이 올 줄은 미처 생각하지도 못하였소."

나는 표문을 올려 싸움에 크게 이겼음을 아뢰었다. 천자께옵서는 몹시 기뻐하시며 군사들에게 후히 상을 내리셨다. 그리고 좌우를 둘러보시면서,

"옛날에 휘파람을 불어 오랑캐를 물리친 사람이 있었다더니, 오늘날 경에게서 이를 보도다."

하시고, 배식사문경륜일시진국공신의 호를 내리셨다. 또한 안
동백을 봉하시고, 수만금의 상금을 하사하셨다. 김시습은 파직
시켜 좌선(坐禪)하게 하셨다.

나는 이로부터 위명(威名)[1]이 날로 떨쳤고, 천자께옵서 사랑
하시고 돌보심이 지극하셨다. 나는 늘 새벽에 집을 나가 밤늦게
돌아왔으며, 힘을 다해 나라에 충성을 바쳤다. 나는 벼슬자리에
오른 지 십 년에 아들 낳고 손자도 키우며 문벌은 혁혁해졌으
며, 만종록(萬鍾祿)을 받아 가산이 넉넉해졌다.

혹 공경 대신 중에 명함을 내놓고 만나기를 청하는 사람이 있
으면, '인신(仁臣)에게는 사교(私交)가 있을 수 없다' 하고 뚝
잘라 거절하였다.

조정에 있는 벼슬아치들은 풍월만 농(弄)하였고, 사치가 몸에
뱄다. 그러므로 나처럼 청렴하고 검소한 사람은 여러 사람들에
게 헐뜯음을 당하기 일쑤였다. 나는 항상 우상 이규보가 문장이
부족함을 알고 있었다.

하루는 대궐로 들어가 항소를 올려 아뢰었다.

"이 아무개는 문장이 가볍고 부드러우며 물러서 뼈가 없습니
다. 비록 그 바르기가 귀신 같다고 하나, 귀할 것이 되지 못하
옵니다."

천자께옵서는 이를 옳게 받아들이시고, 내게 오거서(五車書)
를 주셨다. 그리고 특별히 나아가 경연을 주재하도록 하셨다.

얼마 전이었다. 규벽부의 뜰 한가운데 옥탑(玉榻)이 불쑥 솟
아올라 있었다. 내가 이를 깎아 칼로 새기니 그 높이는 백 층이

---

1) 위세를 떨치는 이름.

나 되는 것 같았다. 여기에다 '사단(詞壇)'이라 쓴 편액(扁額)을 걸어 놓으니, 종자가 말하였다.

"이 단은 너무나 높아 마치 태산 같습니다. 게다가 여기에는 암석도 수목도 없으니, 원숭이라도 오를 수 없겠습니다. 하물며 사람이야 말할 것도 없지 않겠습니까."

하루는 아전들이 이르기를, '단 위에는 옥루(玉樓)가 있어 중국의 재사들이 가끔 왕래하면서 함께 모여 논다 하옵니다' 하였다.

어느 날 조회를 파한 직후였다. 홀연히 두 선녀가 난조(鸞鳥)와 선학을 타고 내려왔다. 스스로 조문희·사자연이라 밝히고는, 곧장 천자께옵서 계시는 곳으로 나아가 아뢰었다.

"대당천자(大唐天子) 두공부께서 친구인 이백과 함께 사단에 모여 있사옵니다."

멀리서 들리는 듯한 피리 소리가 자세히 들어보니 탑 위에서 들려왔다. 천자께옵서는 대궐을 납시어 조용히 단 밑으로 가셨다. 팔짱을 끼시고 거니시더니 구름처럼 날아 올라가셨다.

이때 삼공(三公)과 대신 두어 사람이 겨우 중간 층대에 이르렀으나, 다리가 후들후들 떨려 더 오르지를 못하였다. 그래서 한 사람도 시종(侍從)하는 신하가 없었다.

밑을 내려다보니, 한 아전이 문사(文辭)로써 배우와 희롱하면서 다리를 걷어붙이며 뒤를 따른다. 그러나 한 계단도 오르지 못해 떨어져 다리가 부러졌다. 구경하던 사람들이 나무받침을 만들어 나가 누군가 하고 물었다. 그는 이사문 숙함이었다. 천자께옵서는 수일을 유하시며 즐거움을 다하시고 내려오셔서,

"짐은 이하를 보고 옥루기(玉樓記)를 외게 하고, 왕희지의 글

씨를 빌어 벽간(壁間)에다 현판을 달도록 하였도다."

하시며 탄식하셨다. 또 이르시기를,

"두천자(杜天子)의 문장으로는 삼백 편이나 되는 많은 글이
남아 있도다. 또한 따라온 신하들인 한유·유종원·소식·황정
견 등의 무리도 문장이 웅장하고 호방하며 준수하고 정결하여,
짐도 오히려 당하지 못하였도다. 짐이 이럴진대 짐의 신하 가운
데 한 사람이라도 그들과 같은 재사가 있겠는고."

하시며 탄식해 마지 않으셨다. 며칠이 지났다. 낮 경연이 끝났
다. 천자께옵서는 완연히 좋아하시는 기색이 가셨다. 그리고 내
게 한 차서(箚書)를 보라고 이르신다. 곧 그것은 한원 선생이 나
를 탄핵하는 상소문이었다. 내가 읽어볼 사이도 없이 천자께옵
서는 위로하시며,

"한때의 뜬소문을 마음에 품어 무엇하겠는고."

하셨다. 그리고 대관(大觀) 선생이라는 호를 손수 내리셨다. 또
한 고향으로 돌아가기를 명하시면서 술잔을 잡으셔 하사하시며
말씀하셨다.

"경은 부질없이 초목과 산하를 침범하지 말라. 조물(造物)이
경을 시기하는 바가 있을 것이니라. 경의 첩 옥란으로 하여금
중궤(中饋)[1]를 주관하게 할 것이니, 경은 옛 직책으로 돌아가
라."

나는 머리를 조아리며 뜰 아래 내려 하직하였다. 애첩과 이별
을 하려니 눈물이 옷깃을 적셨다. 차마 잊을 수 없었고, 떨어지
지 못해 애를 태웠다. 얼마의 시간이 흘렀다. 상국 이색이 등을

---

1) 주방에서 음식에 관한 일을 주장하는 여자. 또는 부인의 일. 주궤라고도 함.

42

어루만지며 협실로 나를 인도해 갔다. 그는 나를 난탕(蘭湯)에 목욕을 시켰다. 금도(金刀)로 내 배를 찔러 피를 내어서는 먹물 두어 말을 만들어 부었다. 그리고는,

"앞으로 사십 여 년을 기다려서 다시 이곳에 오면 부귀를 함께 누릴 것이니 너무 상심하지 말게나."

하며 위로하였다. 나는 말하였다.

"저는 속세의 티끌을 다 벗지도 못하였는데 지나치게 천자의 큰 은덕을 입었소."

그러자 그는 나를 더욱 위로해 주었다. 나는 뱃속이 칼로 찌르는 것처럼 아파 견디지 못해 깨어나 보니, 배가 부풀어올라 북과 같았다.

희미한 등산불이 기물가물하였고, 병든 아내는 내 옆에 누워 끙끙 앓고 있었다.

강도
몽유록

적멸사에는 청허라 하는 한 이름 높은 선사가 살고 있었다. 그는 천성이 어질고 마음 또한 착하였다. 추운 사람을 만나면 입었던 옷을 벗어 주었다. 배고픈 사람을 보면 먹을 밥도 몽땅 주었다. 이래서 사람들은 그를 일러 '추운 겨울의 봄바람'이라 거니 '어두운 밤의 태양'이라거니 하고 우러러 받들었다.

그런데 국운은 나날이 쇠퇴하였고 호적(胡賊)이 침입하여 팔도강산을 짓밟았다. 상감은 난을 피하여 고성(孤城)에 갇혔고, 불쌍한 백성들은 태반이 적의 칼에 원혼이 되었다. 이런 와중에서도 저 강도(江都)의 참상은 더욱 처절하였다. 시혈(屍血)은 냇물처럼 흘렀고, 백골(白骨)이 산더미처럼 쌓였다. 까마귀가 사정없이 달라붙어 시신을 파먹으나 장사지낼 사람이 없었다. 오직 청허 선사만이 이를 슬프게 여겼다. 선사는 몸소 시신을 거두어 묻어 주려고 하였다. 그는 손으로 버들가지를 잡아 도술을 부렸다. 넓은 강물을 날아 건넜다. 강 건너 인가가 황폐하여,

어디 몸을 의탁할 만한 곳이 없었다. 이에 선사는 연미정 남쪽 기슭에다 풀을 베어 움막을 엮었다. 그는 이 움막에서 침식하며 법사(法事)를 베풀었다.

어느 날이었다. 달이 휘영청 밝았다. 그는 어렴풋이 한 꿈을 꾸었다.

티 한 점 없는 맑은 하늘은 물빛같이 푸르렀고, 음산한 밤 공기가 주위를 휩쌌다. 이따금 찬바람이 엄습하였고, 처량한 밤 기운이 감돌아 심상치 않았다.

청허 선사는 손에 석장을 들고 달밤을 소요하고 있었다. 밤중이 되어 바람결에 소리가 들려오는데, 노래 소리 같기도 하고, 웃음소리 같기도 하며, 울음소리 같기도 하였다. 그 노래 소리와 웃음소리, 울음소리 다 부녀들의 것으로서 한 곳에서 들려왔다.

선사는 매우 이상히 여기고 가만가만 다가가 엿보았다. 그곳에는 수많은 부녀자들이 열을 지어 앉아 있었다. 어떤 사람은 얼굴이 쭈글쭈글하였고 백발이 성성하였다. 또 젊은 여인도 있었는데, 삼단 같은 머리하며 황홀하게 차려입고 있었다. 그들은 한데 어울려 있었는데, 낯빛은 비통하기 이를 데 없었다.

청허 선사는 더욱 이상하게 생각하였다. 좀 더 나아가 자세히 살펴보았다. 어떤 사람은 두어 발이 넘는 노끈으로 머리를 묶기도 하였고, 또 다른 이는 자(尺)가 넘는 시퍼런 칼끝이 시뻘건 선지피가 엉긴 채 뼈에 박혀 있었다. 또 머리통이 박살났는가 하면, 물을 잔뜩 들이켜 배가 북처럼 불룩한 사람도 많았다. 이 끔찍한 참상은 두 눈을 뜨고는 차마 볼 수 없었고, 날카로운 붓으로도 낱낱이 기록할 수 없는 생지옥이었다.

한 여자가 울먹거리며 말하였다.

"종묘사직이 전란을 입어 그 참상은 이루 다 말할 수 없습니다. 슬프외다! 하늘이 무심타는 말인가요. 아니면 요괴의 장난인가요. 구태여 그 이유를 따지고 든다면 바로 우리 낭군의 죄이겠지요. 태보(台輔)의 높은 지위며 체부(體副)의 중책을 진 사람이 공론(公論)을 무시한 소치이옵니다. 사정(私情)에 이끌려 편벽되게도 강도의 중책을 제 자식에게 맡겼지요. 자식놈은 중책을 잊고 밤낮 술과 계집 속에 파묻혀 마음껏 향락에 빠졌습니다. 장차 닥쳐올 외적의 침입을 까맣게 잊어버렸으니 어찌 군무(軍務)에 힘쓸 일을 생각이나 하였겠습니까. 깊은 강, 높은 성 등 천험의 요새를 갖고도 이처럼 대사(大事)를 그르쳤으니, 죽어 마땅하지요. 슬프외다, 이내 죽음이여! 나는 떳떳이 자결하였다고 자부합니다. 다만 제 자식놈이 살아 나라를 구하지 못하였고 죽어 또한 큰 죄를 지었으니, 천추의 오명을 어떻게 다 씻어 버리겠어요. 쌓이고 쌓인 원한이 가슴 속속들이 박혀 한 때라도 잊을 날이 없군요."

이 말이 끝나기도 전이었다. 한 부인이 몸을 끌어당겨 단정히 앉으며 말을 가로챘다.

"낭군은 자기 재주에 감당하지도 못할 중책을 맡아 오직 천험(天險)한 지리만 굳게 믿어 군무를 소홀히 하였습니다. 이에 밀어닥친 적군을 막지 못한 것은 당연한 이치입니다. 강을 휩쓰는 비바람에 사직이 무너졌고 삼군이 박살났습니다. 상감마마가 성에서 내려오시어 무릎꿇고 항복하셨으니, 슬프외다, 만사를 다 그르쳤습니다. 이것이 모두 강도를 지키지 못한 데서 연유한 것입니다. 낭군은 금부에 회부되어 도끼로 목이 잘려도 마

48

땅합니다. 그러나 이민구[1]는 제 낭군과 같은 책임을 지고 있었
는데, 무슨 충의가 있었다고 의젓이 성명(性命)을 보전하여 제
명대로 다 살았습니까. 또한 도원수 김자점[2]은 해내(海內)에 웅
거한 데다가 병권(兵權)을 장악하였으면서도 한 번도 나아가 싸
우지 않았습니다. 적에게 지레 겁을 집어먹고 피 한 방울 흘리
지 않고 도망쳐 바위틈에 숨어 구차한 목숨을 보전하였고요. 더
욱이 어두운 밤에 상감마마를 만나서는 행인처럼 대하였답니
다. 그래도 왕법(王法)을 행하지 않았고 오히려 은총이 더하였
으니, 정말 가소로운 노릇이지요. 심기원[3]은 그 기량이 보잘것
없고 생각이 깊지 못한데도 도성을 사수할 중임을 맡은즉, 군신
의 의리를 망각하고 몰래 제 몸만 빠져나와 환난을 피하였습니
다. 이처럼 나라의 은혜를 저버렸으며 군율을 몸소 행하지 않았
는데도 오히려 은총이 깊었습니다. 그런데 유독 낭군님만이 홀
로 죽음을 당하였으니 어찌 원통하지 않으오리까. 슬프외다!
내 이 한 목숨도 애석하지 않사오나, 불쌍한 늙은 시아버님이
백발 인생에 아들을 잃어 대가 끊어지게 되었으니, 이 원통한
정상이야 산 자나 죽은 자나 어찌 다르오리까."
  이 말이 끝나자마자 또 한 부인이 나섰다. 그 부인은 새파란
젊은 나이였다. 날렵한 몸매에 초승달 같은 눈썹을 하고 있었
다. 앵두알 같은 붉은 입술을 살짝 벌렸다. 그 얼굴에는 두 줄
기 눈물이 뺨을 타고 흘러내렸다. 그 자태는 서왕모가 요지연에

---

1) 조선 인조 때의 문신. 병자호란 때 강도 검찰 부사가 되어, 왕을 강화로 모시기 위한 선
   편을 준비했지만 적군이 어가의 길을 막았으므로 완수하지 못함.
2) 조선 인조 때의 문신. 병자호란 때 도원수로 있으면서 토산 싸움에서 패한 죄로 문외출
   송(門外黜送)되었음.
3) 조선 인조 때의 문신. 병자호란 때 유도대장으로 서울을 방어하지 못했음.

내려선 모습이었고, 삼월 봄바람에 방긋 웃는 복사꽃이었다. 월 궁 항아가 이슬을 가득 머금은 그대로 옥안을 나직이 숙이고 슬 픈 회포를 하소연하였다.

"나는 본래 왕후의 조카딸로 비단 속에서 곱게 자랐습니다. 나이 들어 김씨의 아내가 되었지요. 원앙금침에 파묻혀 향락인 들 오죽하였겠어요. 부귀영화를 영원히 누리려고 하였더니 뜻 밖의 전란을 당하여 참혹한 가화(家禍)를 입었으니, 나와 같이 박복한 사람이 또 어디 있겠어요. 이 몸 한 번 죽어지면 인세(人 世)와는 영원히 이별이니, 하늘이여! 어찌하오리까? 더구나 낭 군은 풍진(風塵) 속에 홀로 남아 있고 눈마저 멀었다오. 부모 잃 은 망극한 슬픔과 간고(艱苦)한 그 형상은 죽은 넋인들 차마 잊 지 못할 거예요."

그 부인이 말이 채 끝나기도 전에 한 부인이 앉은자리에서 뛰 쳐나왔다. 그 부인도 품은 뜻을 토하는데, 그 얼굴은 이미 철 지난 꽃잎처럼 시들었고 바싹 말라 있었다. 하늘이 무너지도록 탄식하며 말을 하였다.

"나는 왕비의 언니이며 또한 대신의 아내가 되어 부귀영화가 극에 달해, 내 평생에 오늘과 같은 참혹한 일이 있을까 생각이 나 하였겠어요. 그러나 사람의 일이 이와 같이 되니, 내 슬픈 이 죽음도 남과 다를 바 없습니다. 다만 정렬(貞烈)로 표창하여 죽은 넋을 빛낼 뿐이니, 이것은 불량한 내 자식의 그릇된 처사 입니다. 적군이 아직 밀려오기도 전이었지요. 강권에 못 이겨 칼을 들어 죽었으니 어찌 여론이 없었겠습니까. 억지 정절을 만 들어 정문(旌門)을 세웠으니 모두가 다 세상 사람들의 웃음거리 가 되었다오."

또 한 부인이 내달아 양미간을 잔뜩 찡그리고 얼굴을 다소곳이 숙여 개연히 탄식하며 말하였다.

"천분(天分)이 정해 있으니 박명(薄命)함은 피치 못할 것인가 봅니다. 저는 남의 후처가 되어 청춘을 헛되이 보냈지요. 살아 생전에 무슨 낙인들 보았겠어요. 성이 무너져 어지러운 풍우 속에 꽃잎이 흩어지고 옥이 부서진 것은 조금도 애석하지 않습니다. 단지 낭군이 상감마마를 가까이 모셔 천은을 크게 입었으니, 당대의 총신을 말한다면 제 낭군이 아니고 그 누가 있겠어요. 상감마마께옵서 굳게 믿으시고 원손(元孫)과 비빈(妃嬪)을 부탁하셨지요. 낭군은 한번 크게 충성을 발하여 큰일을 하려고 나가기는 하였습니다. 워낙 그 재주가 미치지 못한 바라 족히 책할 수도 없습니다. 디만 한이 되는 것은 낭군이 한 번 싸워보지도 않고 성문을 활짝 열어 놓아 되놈들을 받아들여 무릎을 꿇고 항복하여 구차한 죽음을 면하였다는 것입니다. 이것이 슬픈 노릇입니다. 저승에 있는 염라대왕은 인간이 행하는 선과 악을 두루 살피신답니다. 지옥에 들어올 때 사자(使者)에게 이렇게 명령을 전하였답니다. '너는 큰 화를 입기 전에 칼을 들어 자결하였으니 고왕금래(古往今來)에 어려운 일이다. 그러나 네 남편이 임금의 은혜를 잊고 성을 버리고 구차히 생명을 도모하였으니 그 죄 진실로 중하도다. 그래서 지옥에 던져 버려 영영 인세에는 태어나지 못할 것이다' 하였으나, 내 이 슬픈 회포가 어떻겠어요."

한 부인은 앞섶이 붉은 피로 낭자하게 물들어 있었다. 그 부인은 뜨거운 눈물을 한없이 쏟으며 머리를 살며시 숙여 조용히 말하였다.

"시아버님의 죄과는 이루 다 말할 수 없습니다. 폭포처럼 쏟아지는 이 슬픔을 어찌 억제할 수 있겠어요. 특별한 천은(天恩)을 입어 강도 유수가 되었습니다. 강도는 중한 땅이라 마땅히 굳게 지킬 것이거늘, 천험만 허황하게 믿은 데다 호병(胡兵)의 날카로운 창검을 무섭게 여겼답니다. 그래서 해가 중천에 오르도록 단잠에서 헤어나지 못하였지요. 또한 매일 크게 취해 강루에 누워 수욕(獸慾)만 채웠답니다. 이러니 국가의 존망을 꿈엔들 생각하였겠어요. 그는 원래 제수(除水)하는 법을 알지 못하였고, 또한 험한 풍랑에 키를 잡을 수도 없었습니다. 자연히 주사(舟師)들은 뿔뿔이 흩어지고 적막한 강성에는 개미 새끼 한 마리도 얼씬거리지 않았어요. 전선(戰船)만이 잔물결에 흔들릴 뿐이었습니다. 날랜 군사며 험한 지리를 가지고서도 인사(人事)를 그르쳤으니 어찌하겠습니까. 강개남아(慷慨男兒)라고는 오직 강후(姜侯) 한 사람에 그쳐 그만이 일전을 하였을 따름이니 어찌 슬프지 않겠습니까. 시아버지시여, 살아서 공훈을 세우지 못하고 오히려 국은(國恩)을 저버렸으니, 누구를 원망하며 누구를 허물하겠어요. 제 비록 아녀자일망정 부끄럽기 그지없습니다."

또 한 부인이 옷깃을 여미면서 나섰다. 귀밑 털이 희끗희끗하였다. 아무리 살펴보아도 홍안(紅顔)은 이미 간 곳이 없었다. 훌쩍거리며 말하였다.

"낭군님 살아 생전에 이 몸 먼저 죽지 못하고 모진 목숨이 살아 이 난을 당하였지요. 아들이 처사를 크게 그르친 까닭으로 하여 백발에 남은 목숨을 눈 깜짝할 사이에 끊어 버리고, 꽃다운 아이들이 적의 칼에 죽었습니다. 인사가 이 지경이 되었으니, 감히 목숨을 논할 수 있겠어요. 육지에서의 피난도 면할 수

52

있었거든, 뒤늦게 강도에 들어온 것은 수비하는 군사들의 훈련을 알지도 못해서 그러하였던가요? 군무를 잘못 검사해서 그랬던가요? 군사를 훈련시키는 사람은 장신이었고, 군무를 검찰하는 사람은 김경징이었지요. 그렇다면 국가를 호위하는 충심이 없고 호사한 생활에만 정신을 팔다 천하의 요새를 잃었으니 말입니다. 무슨 관계가 있어 이 강도에 들어왔다가 내 몸으로 하여금 천명을 누리지도 못하게 하였고, 또 오로지 아내만을 구하려다 나조차 깨끗하게 죽지 못하게 하였으니, 오호 낭군이여! 다행히 죽음을 지켜 주지 않는다면 늙은 이 몸의 목숨은 온전할 것입니다."

슬픈 회포를 미처 다 말하기도 전에 또 한 사람이 사이에 끼어들었다. 그 빼어난 풍채는 여자 중의 장부였다. 강개하여 말하였다.

"사람이 이 세상에 나서 몇 년이나 살겠다고 그 야단인지요. 조만간에 어차피 한 번은 죽을 것이거늘, 조용히 죽어 가는 사람이 그 몇이나 되오리까. 슬프외다! 자결만이 부인의 정절로서 길이 청사에 빛날 것입니다. 혹은 천당에 들어갈 것이며, 땅속의 인간만이 오직 광채를 발할 것입니다. 그러니 죽어도 죽은 것이 아니요 오히려 장쾌한 것입니다. 다만 가슴에 맺혀 천년토록 잊지 못하는 설움은 제 낭군 때문이옵니다. 상감마마가 내리신 옷을 입고 상감마마의 녹을 먹으면서 살아 생전에 국은(國恩)이 막중하였지요. 그러나 몸이 창황한 즈음에 처해서 인사를 생각하지 않고 오직 살기만을 좋아하고 죽기를 두려워해서 기꺼이 제 종이 되었지요. 이러하니 풍채는 매몰되었고 체신은 말이 아니었습니다. 무거운 짐을 등에 지고 상투는 잘라 내버렸으

니, 그 꼬락서니가 오죽하였겠습니까. 살려고 한 짓이 이토록
추잡해졌을 뿐이옵니다. 정묘년의 호란 때, 강화(講和)를 주장
하여 고국으로 무사히 살아 돌아온 것에는 진실로 까닭이 있었
습니다. 선인(先人)의 유골을 팔아 사함을 받고서야 집으로 돌
아왔으니, 일세의 웃음거리가 되었습니다. 이에 살아도 그 산
보람이 없습니다. 슬프외다! 구차하게 살아남은 것이 어찌 비
명에 죽어 버린 나와 같으리요."

　꽃 같은 얼굴, 삼단 같은 머리의 또 한 부인이 다음을 받았다.
앵두 같은 입술로 조용히 말을 이어갔다.

　"원래 우리나라는 산천이 아주 험합니다. 적병을 맞아 싸우
기에 유리한 지역이 어찌 한두 군데뿐이겠습니까. 낭군이 아주
멀리 떨어져 있을 적입니다. 서울에서 큰 난리를 맞으니 주인
없는 아녀자로서 어찌할 수 있겠습니까. 갈 바를 몰라 허둥거리
다가 군중을 따라 성에서 빠져나왔습니다. 그러나 천생 약질이
라서 걷자니 엎어지고 넘어지고 하였지요. 그 고생을 어찌 한
입으로 다 말할 수 있겠어요. 홀몸으로 울며불며 사정해서 배에
간신히 올라 강도에 들어왔습니다. 와서 보니, 푸른 바다와 높
은 산이며 성첩(城堞)이 구름에 닿아 나는 새도 지나가지 못할
것만 같았습니다. 어찌 호병인들 별 수 있으랴 하였지요. 그래
서 적을 안심하였는데 뜻밖에도 흉도들이 여기까지 밀어닥쳤습
니다. 드디어 대낮인데도 강도 성안은 아수라장이 되었습니다.
위나라 산천이 견고하지 않음이 아니었고, 진나라 군신의 지략
이 모자랐습니다. 그 시운에 있어서 그 무엇을 탓하겠습니까.
사납고 약한 사람들이 서로 잡아먹는가 하면 착한 사람 악한 사
람 할 것 없이 함께 망하는 난장판이었습니다. 그래, 정절의 마

음은 이미 드러났고 흉적의 창칼은 무수히 박혔으니, 해외의 외로운 넋은 그 누구를 의지하겠습니까. 수국(水國)에 풍진이 자욱하게 일어나니 망극한 슬픈 회포가 바다처럼 깊었습니다. 비단 저고리를 입고 푸른 띠를 두른, 머리털이 서리처럼 하얀 늙은이가 좌우를 돌아보고 있었습니다. 두 여자를 가리키는데 한 여자는 며느리요, 또 한 여자는 딸입니다. 살아서는 한 집 안에 살았고 죽어서는 한 무덤에 묻혔으니, 지하에서나마 혼백이 외롭지 않게 되어 다행이라고 할까요. 어찌 원망인들 없겠습니까. 며느리와 딸은 꽃 같은 젊은 나이였습니다. 비록 내 나이 늙었으나 이제 겨우 쉰이옵니다. 만약 병화(兵火)가 없었다면 어찌 이처럼 인간 세계를 하직하였겠습니까. 슬프기 그지없습니다. 낭군이 지휘관의 몸으로 강도에 들어왔습니다. 강도란 땅은 능히 적을 막을 만한데 온통 죽게 된 것은 낭군이 처사를 잘못하였기 때문입니다. 우거진 풀잎을 붉은 피로 물들였고 혼백은 구천에 들어갔으니 인세의 가는 곳마다 비단 장막이 쓸쓸하고, 천년을 묵은 화표주(華表柱)에는 외로운 학이 돌아오기 어렵게 되었습니다. 원통한 이 설움은 동해보다 깊이 하루 한시라도 잊을 수가 없습니다. 오직 우리 세 사람은 다같이 정절을 지켜 죽었으니, 우러러 하늘을 보고 굽어 땅을 본들 하나도 부끄러울 것이 없습니다. 인간 세계에 살아남아 영영 빛을 잃은 자는 가엾은 내 동생이옵니다. 명관(名官)의 아내가 되어 정절을 지켜 죽지 못하였으니 참으로 한이 되옵니다. 늘그막에 무슨 추문인지 비단옷 차려 입고 나귀의 등에 높이 앉아 채찍을 휘두르며 봄바람 살랑거리는 낙조 비낀 언덕을 질주하니, 사람마다 쑥덕쑥덕 온 세상이 들썩였지요. 이러니 살았어도 죽음만 같지 못합니다.

나 또한 무안하여 몸둘 바가 없습니다."

좌중에서 또 한 여자가 나섰다. 얼굴은 뭉개지고 해골은 깨어져 온몸에는 피가 낭자하였다. 그 참혹한 모습은 다른 사람들보다 더욱 끔찍하였다. 눈물을 주체하지 못하면서 말하였다.

"나는 그때 마니산 바위 속에 숨었지요. 그러나 바위굴이 깊지 못해 곧 적에게 발각되었어요. 사람이 의를 버리고 살기에만 급급함은 차라리 한번 죽느니만 못합니다. 절벽에 투신하여 백골(白骨)이 진토(塵土)가 되었으니, 이것은 마음으로나마 만족스러운 처사였습니다. 조금도 한이 되는 바 없습니다. 하오나 애달프도다! 어찌하여 낭군은 난세에 처하여 시세를 살피지 못하였을까? 헛되이 서울에만 머물다가 전쟁이 터지니 강도로 들어갔지요. 높은 자리에 앉은 분들과 함께 불에 뛰어든 불나비처럼 되었으니 이것이 슬프옵니다. 젊어 청운에 올라 오래도록 부귀를 누린 자는 사직이 망할 때 절사(節死)함이 마땅한 일이오나 불쌍한 우리 낭군은 벼슬 하나 얻지 못해 아무런 국은도 입음이 없이 해외의 위경(危境)에서 그 귀중한 목숨을 잃었으니 슬프고 애달프기 그지없습니다."

그리고는 긴 한숨을 몰아쉬었다. 한숨이 채 끝나기도 전에 한 사람이 나왔다. 빼어난 자태는 천하 일색이었다. 비단옷은 함빡 젖었고 뱃속 가득히 물을 머금었다. 이는 다름아닌 창해에 빠져 죽은 시신이었다. 구슬 같은 굵은 눈물을 뚝뚝 흘리며 붉은 입술을 움직였다. 향기로운 이슬이 흘러내렸고, 맑은 소리는 이어졌다 끊어졌다 하였다.

"제 낭군은 선비였습니다. 달 밝은 연못가에서 서로 만난 지 두어 달 만에 큰 환난을 당하였습니다. 의리로써 살 수가 없어

푸른 바다에 몸을 던져 지금 시체가 떠다니고 있습니다. 저의
이 애석한 정절은 그 증거가 없어서 하늘이나 알고, 해가 비칠
따름입니다. 이 한 조각 곧은 마음을 낭군이 몰라주시고, 호지
(胡地)에 끌려가 있는지, 혹은 길바닥에 죽어 누워 있는지 의심
하고 있습니다. 차라리 외로운 혼으로 하여금 낭군의 꿈속에나
찾아들어 원통한 회포를 풀고자 합니다. 그러나 구천이 아득하
여 천 리나 되니 저와 낭군은 꿈속에서도 만나기 어렵습니다.
생각이 이에 미치니 설움이 북받쳐 가슴이 아픕니다."

　이런 중에 또 한 부인이 끼어들었다. 비단 같이 고운 얼굴, 꽃
다운 매무새, 송죽 같은 절개는 추상처럼 싸늘하였다. 세 치 혀
끝으로 토해 내는 말마다 의리에 사무쳐 지금까지 말한 중에서
단연 으뜸이었다.

　"나라에 어진 장수가 없는 데다 인심까지 험악해졌습니다.
그러서야 어찌 패망하지 않겠습니까. 산천이 험하기로는 파촉
(巴蜀)보다 더합니다. 그러나 장수가 장수답지 못하고 병졸도
형편없으니, 등애[1]가 한번 일어나매, 촉의 후주(後主) 유선이
눈물을 뿌렸습니다. 성 높고 물 깊기로는 백제의 웅도와 같았습
니다. 지세는 이러하였으나, 가무만 일삼고 군무를 살피지 않다
가 나라가 무너졌습니다. 백마강의 슬픈 역사 천년에 걸쳐 깊사
옵니다. 이러니 망하는 것은 천운이요, 빛나는 것은 낭군이요,
패하는 것은 사람입니다. 사람이 변변치 못하면 금성(金城)도
견고하지 못하며 탕지(湯池)도 험할 것이 되지 못하는데, 하물
며 저 강도는 해외의 조그만 땅입니다. 파촉에 비한다면 산도

---

1) 중국 삼국 시대 위의 진서장군이 되어 촉을 쳐 큰 공을 세웠음.

산이라 할 것이 없고, 강도 강이라 할 것이 아니 되옵니다. 이
산과 강을 험하다고 믿고 적의 무서운 군사를 하찮게 여겼으니
환난이 닥쳐와도 그 누가 막을 수 있었겠습니까. 하루 아침의
비바람에 모든 꽃이 산산이 흩어지니 이 연약한 몸으로 어찌 목
숨을 보존할 수 있겠습니까. 미련 없이 자결하여 혼백은 구천에
들었으나, 그 향기로운 이름은 세상에 떨쳤습니다. 이때 염라대
왕이 나를 불러 말하였습니다. '아름답고 아름답도다! 청풍(淸
風)처럼 쇄락하고 추상처럼 늠름하도다. 뇌성벽력을 피하지 않
았으며, 도끼도 두려워하지 않았도다. 뇌성벽력을 피하지 않았
으며, 도끼도 두려워하지 않았도다. 갑자년의 변고에는 원훈(元
勳)들의 목을 벨 것을 주장하였고, 정묘년의 난리에는 화의(和
議)를 배척하여 강도를 불태우고 국가의 기강을 바로잡을 술책
을 일렀고, 대의명분을 세워 형제의 맹약(盟約)을 헌신짝처럼
하니 지극한 충성이요 선견지명이로다. 주운²⁾ 같은 곧은 절개
며 급암³⁾ 같은 바른 말은 이 사람 이외에 그 누가 또 있단 말인
고. 이는 바로 네 아비로다. 너 또한 그 뜻, 그 절개를 본받아
절의로 죽었으니 가히 포상하지 않을 수 없도다. 그래서 극락
세계에서 편안히 지내게 하겠노라' 하였습니다. 이윽고 선동(仙
童)이 명부(冥府)에 다다라 염왕께 아뢰기를, '전쟁의 사나운
풍파 속에서도 절의 죽은 사람이 많사옵니다. 옥황상제께옵서
측은히 여기시어 전교(傳敎)하시기를, '절부(節婦)의 기록 대장
을 짐이 한번 보고자 하니 너는 어김없이 명대로 하라' 하셨습

---

2) 중국 한대의 문신. 자는 장유. 충직함으로써 유명함. 회양 태수를 지냈음.
3) 중국의 한성제 때, 괴리령으로 있던 주운이 권신인 안창후 장우를 베고 간신을 제거하려
   다 왕의 노여움을 사서 실패하고 말았음.

니다 하니, 염왕이 친히 옥첩(玉牒)을 봉하여 천부(天府)에 올리니 상제께서 다 보시고 명부에 조서를 내리시기를, '짐이 가장 중히 여기는 것은 의(義)이며 귀히 여기는 것은 절개로다. 이 의와 절개를 능히 지키고 행한 사람은 모두 천당에 들어오게 하여 그 여생을 편안하게 하리라. 더구나 그대와 시아버지의 덕망과 절의는 짐이 가장 아끼는 바로다. 장차 포상하리니 명부에 두지 말고 옥허청궁(玉虛淸宮) 소계전(宵桂殿)에 보내어 월궁 항아로 더불어 달밤을 즐기며, 직녀와 더불어 은하를 거닐게 하고, 또한 염왕이 정절을 창명(彰明)하면 짐의 의열(義烈)을 존중함이 나타나지 않겠는고' 하였습니다. 염왕은 그 명령에 절하여 사례하고 저를 학의 등에 태우니 구 만 리 창공을 지척같이 날아갔습니다. 정말 시아버지의 덕이 아니었다면 어찌 천부께서 생활할 것을 생각이나 하였겠습니까."

또 한 부인이 나섰다. 난초 같은 그윽한 기품과 고요한 자태가 눈 속의 송죽 같았다. 양미간을 찌푸리고 붉은 입술을 열어 말하였다.

"저는 본래 선비의 아내로 낭군을 섬겨 온 지 겨우 반년이나 될까요. 강도로 피난을 나왔다가 낭군이 덜컥 역질(疫疾)에 걸렸습니다. 아무리 위험이 닥쳐온들 잠시도 병상 옆을 떠날 수 없어 곁에서 모시고 있었습니다. 그런데 금수같은 되놈들이 어찌 가만 둘 리가 있겠습니까. 그래서 혼백이 구천에 떨어졌습니다. 이때 염왕이 말하기를, '광해군의 말년에는 조정이 혼탁하여 임금과 신하가 제 직분을 망각하고 광분하였도다. 오직 네 할아비는 지조가 고결하여 이 모두 취한 속에서도 홀로 깨어 있었도다. 또한 강도의 풍우 속에 모두들 절개를 버리고 삶을 도모하였거늘, 너는 여자의 몸으로 그 욕봄을 부끄럽게 여겨 죽음을 달게 받았도다. 전후 할아비와 손녀의 절개가 어찌 다르리요. 그 할아비에 그 손녀로다. 참으로 아름답고 아름답도다. 이러므로 너는 천당에 들어가서 만세에 걸쳐 길이 행복을 누리라' 하였습니다. 그러니 비록 젊은 나이에 죽었다고 한들 어찌 한이 되겠습니까. 다만 한스러운 것은 백발의 양친과 나이 어린 낭군이 풍진 속에 간신히 살아남은 것입니다. 그러니 부모를 여의고 죽은 것은 이른바 불효요, 남편보다 먼저 죽은 것은 현숙하지 못한 짓입니다. 내 지은 죄를 어찌 다 말할 수 있겠습니까."

하고 흐느낀다. 모든 부인들도 제각기 슬픔을 이기지 못하여 깊이 탄식하기도 하였고, 눈물을 흘리기도 하였다.

조금 시간이 흘렀다. 한 여자가 일어나 사람 속을 왔다갔다하였다. 그녀는 두 눈동자가 샛별같이 유난히 빛났고 초승달 같은 눈썹이며 삼단 같은 머리는 가히 선녀라 할 만하였다. 선사는 이상히 여기며 생각하였다.

'직녀가 은하에서 내려왔다? 월궁에서 항아가 내려왔나? 만일 직녀라 한다면 견우 낭군을 이별한 뒤에 만나지 못하였으니 당연히 슬픔에 싸여 눈물을 흘릴 것이다. 또한 월궁의 항아라면 긴긴 밤 독수공방에서 애타게 그리워하다가 홍안은 늙어 가고 백발이 성성할 터인데, 도무지 이 여자는 복사꽃 아롱진 뺨에 근심 어린 빛이 전혀 없으니 알지 못할 일이로다. 이 또한 괴이한 일이구나.'

혼자 온갖 궁리를 하였으나 알 수 없었다. 이때 그 여자가 방긋 웃으며 말하였다.

"첩은 기생이라, 노래와 춤이 널리 이름났습니다. 뭇 사내들의 경쟁 속에 밤마다 운우지정(雲雨之情)을 즐겨 인생 환락이 극도에 달하였습니다. 혼자 곰곰이 생각해 보니 사람에게 귀한 것은 정절입니다. 그래서 하루아침에 마음을 가다듬고, 깊은 규중에 틀어박혀 오래도록 한 남편을 섬겨 다시는 두 마음을 먹지 않으려고 결심하였습니다. 그러나 뜻밖에도 난리가 일어나 꽃 같은 청춘이 그만 지고 말았습니다. 사실 오늘 밤 이 높은 회합에 제가 낀다는 것은 너무나 과분합니다. 외람되게도 숭렬(崇烈)하신 여러분들의 곁에 끼어 다행히도 좋은 말씀을 많이 들었습니다. 그 절의의 높으심과 정렬(貞烈)의 아름다움은 하늘도 감동하고 사람마다 탄복하지 않을 이가 없겠습니다. 몸은 비록 죽었지만 죽은 것이 아닙니다. 강도가 함락되고 남한성이 위태로워 상감마마의 욕되심과 국치가 임박하였지만, 충신 절사는 만에 하나도 없었습니다. 다만 부녀자만이 정절이 늠름하였으니, 이는 참으로 영광된 죽음이옵니다. 그런데 왜 그리 서러워하십니까?"

이 말이 끝나자마자, 좌중의 여러 부인들이 일시에 통곡하였다. 선사는 혹시나 알아차릴까 두려워 숲 속에 숨어서 몸둘 바를 모르고 있었다. 날 새기를 기다려 물러나오다 별안간 깨어 보니 한 꿈이었다.

수성궁 몽유록

수성궁은 안평대군의 옛집이라. 장안성 서쪽이요, 인왕산 아
래에 있는지라, 산천이 수려하여 용이 서리고 범이 일어나 앉은
듯하며, 사직(社稷)[1]이 그 남에 있고 경복궁이 그 동에 있었다.
인왕산의 산맥이 굽이쳐 내려오다가 수성궁에 이르러서는 높은
봉우리를 이루었고, 비록 험준하지는 아니하나 올라가 내려다
보면 아니 뵈는 곳이 없는지라, 사면으로 통한 길과 저자거리
며, 천문만호(千門萬戶)가 밀밀층층하여 바둑을 헤친 듯하고 별
을 벌인 듯하여, 번화 장려함이 이루 형용하지 못할 것이요, 동
쪽을 바라보면 궁궐이 아득하여 구름 사이에 은영(隱映)하고 상
서(祥瑞)의 구름과 맑은 안개가 항상 둘러 있어 아침저녁으로
고운 자태를 자랑하니 짐짓 이른바 별유천지승지(別有天地勝地)
였다.

---

1) 지금의 사직단.

한때 주도(酒徒)들은 몸소 가아(歌兒)와 적동(笛童)을 동반하고 놀았으며, 소인(騷人)[1]과 묵객(墨客)은 삼춘 화류시(花柳時)와 구추(九秋) 단풍절에 그 위에 올라 음풍영월(吟風詠月)하며 경치를 완상(玩賞)하느라 돌아가기를 잊으니, 산천의 아름다움과 경치의 좋음은 무릉도원(武陵桃源)[2]에 지남이 있더라.

이때 남문 밖 옥녀봉 아래에 한 선비가 살고 있었으니, 청파사인(靑坡士人) 유영이라. 그는 연기(年紀) 이십 여에 풍채가 준아(俊雅)하고 학문이 유여(有餘)하되, 가세가 빈곤하여 의식(衣食)을 이을 길이 없는지라, 울적한 마음을 이기지 못하여 이곳의 경개(景槪)가 좋음을 익히 들었으며 한번 구경하고자 하되, 의복이 남루하고 얼굴빛이 매몰(埋沒)하여 남의 웃음을 받을지라 머뭇거리다가 가보지 못한 지가 오래되었다.

만력(萬曆) 신축 춘삼월 기망(旣望)에 탁주 한 병을 샀으나 동복(童僕)도 없고 친근(親近)할 벗도 없는지라, 몸소 술병을 차고 홀로 궁문(宮門)으로 들어가 보니, 구경은 사람들이 서로 돌아보고 손가락질하면서 웃지 않는 이가 없었다. 유생은 하도 부끄러워 몸둘 바를 모르다가 바로 후원으로 들어갔다. 높은 데 올라서 사방을 바라보니, 새로 임진왜란을 갓 겪은 후라, 장안의 궁궐과 성안의 화려하였던 집들은 탕연(蕩然)하였다. 부서진 담도, 깨어진 기와도, 묻혀진 우물도, 흙덩어리가 된 섬돌도 찾아볼 수 없었다. 풀과 나무만이 우거져 있었으며, 오직 동문(東門) 두어 간만이 우뚝 홀로 남아 있을 뿐이었다.

---

1) 중국 초나라의 굴원이 지은 〈이소부〉에서 유래된 말로, 풍류를 즐기어 노래하고 읊는 사람. 문인 또는 시인.
2) 도연명의 〈도화원기〉에 나오는 이상 세계. 세상과 동떨어진 별천지.

유생은 천석(泉石)이 있는 그윽하고도 깊숙한 서원(西園)으로 들어갔다. 온갖 풀이 우거져서 그림자가 밝은 못에 떨어져 있었고, 땅 위에 가득히 떨어져 있는 꽃잎은 사람의 발길이 이르지 아니하며 미풍이 일 적마다 향기가 코를 찔렀다.

유생은 바위 위에 앉아 소동파[3]가 지은 '아상조원춘반로 만지낙화무인소(我上朝元春半老滿地落花無人掃)'[4]라는 시구(詩句)를 읊었다. 문득 차고 있던 술병을 풀어서 다 마시고는 취하여 바위가에 돌을 베개삼아 누웠다.

잠시 후 술이 깨어 얼굴을 들어 살펴보니 유객은 다 흩어지고 없었다. 동산에는 달이 떠 있었고, 연기는 버들가지를 포근히 감쌌으며, 바람은 꽃잎을 어루만지고 있었다. 그때 한 가닥 부드러운 말소리가 바람을 타고 들려왔다. 유영은 이상히 여겨 일어나서 찾아가 보았다. 한 소년이 절세미인(絶世美人)과 마주앉아 있다가 유영이 옴을 보고 혼연히 일어나서 맞이하였다.

유영은 그 소년을 보고 물었다.

"수재(秀才)는 어떠한 사람이거늘, 낮을 택하지 않고 밤을 택해서 놀고 있느뇨?"

소년은 빙긋 웃으며,

"옛 사람이 말한 '경개여고(傾蓋如故)'[5]란 말은 바로 우리를 두고 한 말이지요."

하고 대답하였다. 그리하여 이들 세 사람은 같이 앉아서 이야기

---

3) 중국 송나라의 시인이자 문장가. 이름은 식, 동파는 호. 당송 팔대가의 한 사람.
4) '내가 조원전에 오르니 봄이 벌써 깊어 땅에 가득한 낙화를 쓰는 이 없구나'라는 뜻으로, 당나라 때의 도묘 조원각에 참배하는 일.
5) '한번 보고는 곧 친해진다'라는 뜻으로,《사기》의 '白頭如新傾蓋如故'에서 온 말.

를 시작하였다. 미인이 나지막한 소리로 아이를 부르니, 시녀 두 사람이 숲 속에서 나왔다. 미인은 그 아이들을 보고 이렇게 말하였다.

"오늘 저녁에 우연히 고우(故友)를 만났고, 또한 기약하지 않았던 반가운 손님도 만났으니, 오늘 밤을 쓸쓸하게 헛되이 넘길 수가 없구나. 그러니 네가 가서 주찬을 준비하고, 아울러 붓과 벼루도 가지고 오너라."

두 시녀는 명령을 받고 갔다가 잠시 후 돌아왔다. 표연히 왕래하는데 마치 나는 새와 같았다. 유리로 만든 술병과 술잔, 그리고 자하주(紫霞酒)와 진기한 안주 등 모두 인간 세상의 것이 아니었다. 세 사람이 석 잔씩 마시고 나자, 미인이 새로운 노래를 불러 술을 권하였다. 그 가사는 다음과 같았다.

깊고 깊은 궁 안에서 고운 임 이별하니,
천연은 미진한데 뵈올 길 없네.
꽃 피는 봄날 애태우기 그 몇 번이뇨.
밤마다의 상봉은 꿈이지 참은 아니었네.
지난 일은 허물어져 티끌이 되었어도,
부질없이 나로 하여 눈물짓게 하누나.

노래를 마치고 나서 한숨을 쉬면서 흐느끼니, 구슬 같은 눈물이 얼굴을 덮었다. 유영은 이를 두고 이상히 여겨 일어나 절하고 물었다.

"내 비록 양가(良家)에 태어난 몸은 아니오나, 일찍부터 문묵(文墨)에 종사하여 조금 문필(文筆)의 공(功)을 알고 있거니와,

이제 그 가사를 들으니 격조가 맑고 뛰어났으나, 시상(詩想)이 슬프니 매우 괴이하구려. 오늘 밤은 마침 월색이 낮과 같고 청풍이 솔솔 불어오니 이 좋은 밤을 즐길 만하거늘, 서로 마주 대하여 슬퍼함은 어인 일이오. 술잔을 더함에 따라 정의가 깊어졌어도 성명을 서로 알지 못하고 회포도 풀지 못하고 있으니, 또한 의심하지 않을 수 없구려."

유영은 먼저 자기의 성명을 말하고 강요하였다. 이에 소년은 대답하였다.

"성명을 말하지 아니함은 어떠한 뜻이 있어 그러하온데, 당신이 구태여 알고자 할진대 가르쳐 드리는 것이 무엇이 어려우리까만, 말을 하자면 장황합니다."

그리고는 수심을 띤 얼굴을 하고 한참 있다가 입을 열어 말하였다.

"나의 성은 김이라 합니다. 나이 십 세에 시문(詩文)을 잘하여 학당에서 유명하였고, 나이 십사 세에 진사 제 이 과에 오르니, 일시에 모든 사람들이 김 진사라고 부릅니다. 제가 나이 어린 호협한 기상으로 마음이 호탕함을 능히 억누르지 못하고, 또한 이 여인으로 하여 부모의 유체(遺體)를 받들고서 마침내 불효의 자식이 되고 말았으니, 천지간에 한 죄인의 이름을 억지로 알아서 무엇하리까. 이 여인의 이름은 운영이요, 저 두 여인의 이름은 하나는 녹주요, 하나는 송옥이라 하는데, 모두 옛날 안평대군의 궁인이었습니다."

유영은,

"말을 하였다가 다하지 아니하면 처음부터 말하지 않은 것만 같지 못합니다. 안평대군의 성시(盛時)의 일이며, 진사가 상심하시는 까닭을 자상히 들을 수 없겠소?"
하고 청하였다. 진사가 운영을 돌아보면서 말하였다.

"성상(星霜)이 여러 번 바뀌고 일월(日月)이 오래 되었는데, 그때의 일을 그대는 능히 기억할 수 있겠소."

"심중에 쌓여 있는 원한을 어느 날인들 잊으리까. 제가 이야기해 볼 것이오니, 낭군님이 옆에 계시다가 빠지는 것이 있거든 보충하여 주옵소서."
하고는 이야기를 시작하였다.

세종대왕의 왕자 팔 대군 중에서 안평대군이 가장 영특하셨어요. 그래서 상(上)[1]께서 매우 사랑하시어 무수한 전민(田民)과 재화를 상사(賞賜)하시니, 여러 대군 중에서 가장 나으셨답니다.

나이 십삼 세에 사궁(私宮)에 나와서 거처하시며 궁명을 수성궁이라 하였습니다. 스스로 유업(儒業)에 힘써 밤에는 독서하고, 낮에는 시를 읊거나 글씨를 쓰면서 일각이라도 방과(放過)하지 아니하셨습니다. 그때의 문인재사(文人才士)들이 모두 그 문하에서 그 장단을 비교하였고, 혹 새벽닭이 울어도 그치지 않고 담론하였습니다. 대군은 특히 필법(筆法)이 뛰어나 일국에 이름이 났어요.

문종대왕이 아직 세자로 계실 적에 매양 집현전의 여러 학사와 같이 안평대군의 필법을 논평하시기를,

---

1) 세종대왕을 가리킴.
2) 중국 진(晉)나라 때의 서가. 해서·행서·초서의 삼체를 전아하고 웅경하며 귀족적인 서체로 완성했음.

"우리 아우가 만일 중국에 태어났더라면, 비록 왕희지[2]에게
는 미치지 못하겠지만, 어찌 조맹부[3]의 뒤에 가리요."
하시며 칭찬하시기를 마지아니하였습니다. 하루는 대군이 저희
들을 보시고 이렇게 말씀하셨습니다.

"천하의 모든 재사는 반드시 안정한 곳에 나아가서 갈고 닦
은 후에야 학문을 이룰 수 있는 법이니라. 도성 문 밖은 산천이
고요하고 인가에서 좀 떨어졌으니 업(業)을 닦으면 대성할 수
있을 것이다."

그리고는 곧 그 위에다 정사(精舍)[4] 여남은 간을 짓고, 당명
을 비해당[5]이라 하였습니다. 또한 그 옆에다 단(壇)을 구축하고
맹시단이라 하였으니, 다 명(名)을 돌아보고 의(義)를 생각하신
뜻이었지요. 이때의 문장(文章)과 거필(巨筆)이 그 단상에 모두
모이니, 문장에는 성삼문[6]이 으뜸이었고, 필법(筆法)에는 최흥
효[7]가 으뜸이었습니다. 비록 그러하오나 모두 대군의 재주에는
미치지 못하였지요. 하루는 대군이 술에 취하셔서 궁녀더러 말
씀하셨습니다.

"하늘이 재주를 내리심에 있어서, 어찌 남자에게만 풍부하게
하고 여자에게는 적게 하셨겠느냐. 지금 세상에 문장가로 자처
하는 사람이 많지만 모두 능히 상대할 수는 없다. 아직 특출한
사람이 없으니, 너희들도 힘써 공부하여라."

---

3) 중국 원나라 초기의 문인. 서화·시문을 잘했으며, 글씨는 진당(晋唐)의 종(宗)으로 하
고, 그림은 원대의 4대가로 꼽힘.
4) 학문을 가르치려고 베푼 집. 정신을 수양하는 곳.
5) 비해당은 안평대군의 호로, 그의 호를 따서 당명을 지었음.
6) 조선 세종 때의 충신. 호는 매죽헌, 자는 근보. 사육신의 한 사람.
7) 조선 태조 때에 과거에 급제함.

그리고는 궁녀 중에 나이가 어리고 얼굴이 아름다운 열 명을 골라 가르치기 시작하셨습니다.

먼저 《소학언해》[1]를 가르쳐 암송시킨 후에 《중용》·《대학》· 《맹자》·《시경》·《서경》·《통감》·《송서》 등을 차례로 가르치고 또 이두당음(李杜唐音)[2] 수백 수를 뽑아 가르치시니, 과연 오년 안에 모두 대성하였지요. 대군은 바깥에서 돌아오시면 저희들로 하여금 대군의 눈앞에서 떠나지 못하게 하시고 상벌을 밝히 하여 권장하시니, 그 탁월한 기상은 비록 대군에게는 미치지 못하였지만, 음률의 청아함과 구법(句法)의 완숙함은 또한 성당(盛唐) 시인의 울타리를 엿볼 수 있었습니다.

열 명의 이름은 곧 소옥·부용·비경·비취·옥녀·금련· 은섬·지란·보련·운영이니, 운영은 바로 저였어요. 대군은 모두 몹시 사랑하시어 항상 궁내에 있게 하시고, 바깥 사람과는 더불어 이야기도 하지 못하게 하셨습니다. 날마다 문사(文士)들과 같이 술을 마시면서 시재를 다투었지만, 아직 한 번도 첩들을 가까이하지 못하게 하셨음은, 바깥 사람이 혹 알까 봐 두려워서였지요.

그래서 항상 영(令)을 내리셨습니다.

"시녀로서 한 번이라도 궁문을 나가는 일이 있으면 그 죄는 죽음에 당할 것이다. 또 외인이 궁녀의 이름을 아는 이가 있다면 그 죄도 또한 죽음을 면하지 못할 것이다."

하루는 대군이 바깥에서 돌아와 저희들을 불러 놓고 말씀하

---

1) 《소학》은 유자징이 주회의 가르침을 받아 적은 책. 《소학언해》는 《소학》을 한글로 풀어 새긴 책.
2) 이두는 이백과 두보, 당음은 당시를 모은 것.

셨습니다.

"오늘 문사 모모(某某)와 술을 마시고 있는데, 상서로운 푸른 연기가 궁중의 나무로부터 일어나, 혹은 성첩(城堞)을 에워싸고 혹은 산록(山麓)을 날고 있었다. 내가 오언일절(五言一絶)을 읊고 나서 객으로 하여금 차운(次韻)을 하라 하였으나 하나도 마음에 드는 것이 없었다. 너희들은 나이 순서대로 각각 지어 올려라."

그래서 먼저 소옥이 지어 올렸고, 다음에는 차례대로 부용 · 비취 · 비경 · 옥녀 · 금련 · 은섬 · 자란과 첩 그리고 보련이 각각 지어 올렸습니다.

푸른 연기는 가늘기 비단 같은데,
바람 따라 문으로 들어오네.
짙어지는 듯 옅어지니,
황혼이 다가옴도 미처 몰랐네.

하늘로 날아 올라 비를 몰아 오니,
땅으로 떨어졌다 다시 구름 되네.
저녁이 다가오니 산빛은 어두운데,
깊은 생각은 초군을 그린다네.

꽃이 시드니 벌은 기운을 잃고,
대밭이 울밀하니 새는 보금자리를 찾지 못하네.
황혼에 부슬비 내리니,
창 밖에 빗방울 떨어지는 소리를 듣노라.

작은 은행나무 우거지기 어려운데,
홀로 선 대나무는 저마다 푸르구나.
가벼운 그늘은 잠시 무거울 뿐,
해가 지면 또다시 황혼이 오네.

해를 가린 엷은 집은 가늘기도 한데,
산에 비낀 푸른 띠는 길기도 하네.
미풍에 불려 점점 사라지니,
남은 것은 촉촉한 작은 연못뿐이어라.

산밑에 가득한 연기 쌓이고 쌓여,
궁전의 나뭇가를 비껴 흐르누나.
바람에 불리어 가누지를 못하는데,
저녁 햇빛은 푸른 하늘에 가득하구나.

산골짜기에는 검은 그늘 일어나고,
못 가에는 푸른 그림자 흐르누나.
날아서 돌아가니 찾을 길 없고,
연잎에는 구슬 같은 이슬만이 남아 있구나.

이른 아침 동문은 아직 어두운데,
연기 비껴 높은 나무 낮아 보이네.
깜짝하는 사이에 홀연 날아올라,
서쪽 산 앞내로 가 버리누나.

멀리 바라보니 푸른 연기 가늘기도 한데,
미인은 깁 짜기를 멈추네.
바람을 쏘이며 홀로 슬퍼하니,
생각은 날아 무산에 떨어지네.

골짜기는 봄 그늘에 덮여 있고,
장안은 물 기운에 싸여 있네.
능히 인간 세상을 명하니,
홀연 취주궁이 되누나.

대군이 보기를 마치고 나서 크게 놀라시며 말씀하셨어요.
"비록 만당(晚唐)의 시에 비교하더라도 또한 백중(伯仲)하여 근보[1] 이하의 채찍도 잡지 못하겠군."
그리고 재삼 음미하셨습니다. 그래도 고하(高下)를 알지 못하시더니 얼마 후에야 말씀하셨어요.
"부용의 시상(詩想)은 초군(楚君)을 그리워하고 있어 내 매우 가상히 여기는 바이며, 비취의 시는 소아(騷雅)[2]와 비할 만하고, 옥녀의 시는 의사가 표일(飄逸)하고 말구(末句)에 은은한 여의(餘意)가 있으니, 이 두 시로 마땅히 으뜸을 삼아야 하겠다."
그리고는 또 말씀하셨습니다.
"내 처음 볼 때에는 우열을 판단할 수 없다가 다시 음미하여 생각해 보니, 자란의 시의 의사가 심원하여 사람으로 하여금 찬탄하다가 춤을 추기 시작하는 것도 깨닫지 못하게 하는 바가 있

---

1) 조선 세종 때의 충신이며 사육신의 한 사람인 성삼문의 자.
2) 시문을 짓고 읊는 풍류의 도.

74

고, 남은 시도 다 맑고 좋으나, 홀로 운영의 시만이 뚜렷이 외로이 사람을 그리워하고 있는 뜻이 있구나. 어떠한 사람을 생각하고 있는지는 알 수 없으니 마땅히 심문을 하여야 하겠지만, 그 재주를 가상히 여기는고로 잠시 그냥 두겠노라."

저는 즉시 뜰에 내려가 엎드려 울면서 대답하였습니다.

"시를 지을 때에 우연히 떠오른 것이오니, 어찌 다른 뜻이 있겠사옵니까. 이제 대군께 의심을 샀으니 저는 만번 죽어도 애석한 일이 없겠습니다."

대군은 앉기를 명령하시면서,

"시는 성정(性情)1)에서 나오는 것이므로, 가리거나 숨길 수 없는 것이니 너는 다시는 말하지 말라."

하시고는 곧 비단 열 필을 내어 다섯 명에게 나누어 주셨어요. 대군은 제게 한 번도 뜻을 둔 일이 없었으나 궁인들은 모두 대군의 뜻이 제게 있는 줄로 알고 있었지요.

열 명은 다 동쪽 방으로 물러나와 촛불을 높이 켜 놓고 칠보서안(七寶書案)2)에다 당률(唐律) 한 권을 갖다 놓고, 옛날 궁녀들이 지은 시의 고하를 논하였습니다. 그러나 저만이 홀로 병풍에 기대어 수심에 잠긴 채 입을 열지 않고 있으니, 그 형상은 진흙으로 만든 사람과 같았습니다.

소옥이 저를 돌아보면서 말하였어요.

"낮에 지은 부연시(賦煙詩)로 인하여 대군의 의심을 샀다 하여 숨은 근심이 되어 말하지 않느냐? 그렇지 않으면 대군의 뜻이 비단 이불 속에 있으므로, 그 이불 속의 즐거움을 당하여 가

1) 타고난 본성. 성질과 심정.
2) 칠보, 즉 금·은·마노·유리·거거·진주·매괴의 일곱 가지 보물로 장식된 책상.

만히 기뻐하느라고 말하지 않느냐? 네 마음속에 품고 있는 바를 도무지 알 수가 없구나."

"내 어찌 나의 마음을 모르겠니. 내 방금 이 한 수를 생각하다가 기구(奇句)를 얻지 못하여 곰곰 생각하느라고 말하지 않았을 뿐이란다."

은섬은,

"뜻이 다른 데 가 있고 마음에 있지 아니한 까닭으로 옆 사람의 말을 바람이 귀를 스쳐 가듯이 하니, 네가 말하지 않음을 알기가 어렵지 않다. 내가 시험해 볼 것이니, 저 창 밖의 포도를 시제(詩題)로 하여 칠언사운(七言四韻)[3]을 지어 보아라."

하며 재촉하기에 저는 말이 떨어지자마자 바로 지으니, 그 시는 다음과 같았어요.

꾸불꾸불 덩굴은 용이 움직이는 듯하고,
푸른 잎 그늘 이루어 문득 풍치를 자아내누나.
더운 날의 맹위는 환히 비치고,
흐린 하늘 찬 그림자 도리어 밝아라.
덩굴은 뻗어 정을 둔 듯 난간을 감고,
열매 맺어 구슬인 양 드리니 따다가 효성을 본받고자
행여 다른 날 변화하기를 기다려,
비구름을 몰아 타고 삼청궁에 오르리라.

소옥이 시를 보더니 절하고 말하였습니다.

---

3) 한 구가 일곱 자로 된 한시의 한 체.

"정말로 천하의 기재(奇才)로구나. 품격이 높지 아니함은 구조(舊調)와 같은 바가 있으나 창졸간에 이와 같이 지었으니, 이것이 시인으로서는 가장 어려운 바이다. 내 마음으로 기뻐하고 복종함은 정말로 칠십 제자[1]가 공자께 복종하는 것과 같으니라."

자란이,

"말을 삼가야 하는데, 어찌 그렇듯이 지나친 칭찬을 하느냐. 다만 문자가 완곡하고 비등(飛騰)하는 듯한 태(態)가 있다면 그러한 것은 있구나."

하니, 모든 사람이 다,

"정확한 평이로군."

하더이다. 저는 비록 이 시로써 모든 의심을 푼 셈이나, 그래도 다 풀리지는 않은 것 같았어요. 이튿날 문 밖에서 요란한 수레 소리가 들려오더니, 문지기가 쫓아 들어와서 고하기를,

"여러 손님이 오셨습니다."

하므로, 대군께서 동각(東閣)을 소제하게 하고 맞아들이시니 모두 문인과 재사였습니다. 자리를 정하고 나서 대군께서 저희들이 지은 부연시를 내보이시니, 모두 크게 놀라면서 말하였습니다.

"뜻밖에 오늘 성당의 음조를 다시 보는 것 같습니다. 우리로서는 견줄 바가 못 됩니다. 이와 같은 지보(至寶)를 어떻게 해서 얻었습니까?"

대군은 미소를 지으면서 말씀하셨습니다.

---

1) 공자의 72제자를 가리킴.

"무엇이 그러하오. 종 녀석이 우연히 길에서 주워 가지고 왔
으므로, 어떤 사람이 지었는지 알 수 없거니와, 생각하건대 필
시 여염집 재주 있는 여인의 손에서 나왔을 것이오."

여러 사람이 의심을 풀지 못하고 있는데, 조금 있다가 성삼문
이 말하였어요.

"재주를 다른 시대에서 빈 것이 아니오. 전조(前朝)로부터 지
금에 이르기까지 백 여 년 동안 시로써 동국(東國)의 이름을 날
린 자는 그 수를 헤아릴 수 없습니다. 그러나 혹은 침탁(沈濁)해
서 불아(不雅)하고, 혹은 경청(輕淸)하고 부조(浮躁)하여 모두
음률에 맞지 않고 성정을 잃었습니다. 이제 이 시를 보니, 풍격
(風格)이 청진(淸眞)하고 사의(思意)를 초월하여 조금도 진세(塵
世)의 태가 없습니다. 이 시는 반드시 심궁(深宮)에 있는 사람이
속인과 서로 접하지 아니하고, 다만 고인의 시를 읽고 밤낮으로
읊고 외어서 스스로 마음에 체득한 것입니다. 그 뜻을 자세히
음미해 보면 '임풍독추창(臨風獨惆悵)' 2)이라고 한 구절은 뚜렷
이 사람을 생각하는 뜻이 있고, '풍취자부정(風吹自不定)' 3)이라
고 한 구절은 난보(難保)의 태가 있고, '고황독보청(孤篁獨保
靑)' 4)이라고 한 구절은 정절을 지키는 뜻이 있고, '유사향초군
(幽思向楚君)' 5)이라 한 구절은 군왕에 대한 정성이 있고, '하엽
로주류(荷葉露珠留)' 6)와 '서악여전계(西岳與前溪)' 7)라고 한 구절

2) 바람을 임해 서서 홀로 설워한다' 라는 뜻.
3) '바람이 불매 스스로 정(定)하지 못한다' 라는 뜻.
4) '외로운 대나무는 홀로 푸르기를 도왔다' 라는 뜻.
5) '그윽한 생각이 초나라 임금을 향한다' 라는 뜻.
6) '연잎에 이슬 맺힌 구슬이 머물다' 라는 뜻.
7) '서편 묏부리요, 다못 앞 시내' 라는 뜻.

은 천상의 신선이 아니면 이와 같은 표현을 할 수 없을 것입니다. 격조에는 비록 고하가 있으나 닦은 기상은 모두 같습니다. 궁중에 반드시 열 명의 여선(女仙)을 기르고 있을 것이니, 원하건대 숨기지 마시고 한번 보여 주옵소서."

대군은 속으로는 스스로 탄복하면서도 겉으로는 고개를 끄덕이지 아니하고 말씀하셨습니다.

"누가 근보에게 시감(詩鑑)을 하라고 하였는가. 나의 궁중에 어찌 그러한 사람이 있으리요. 의심도 심하군."

이때 열 명은 창 틈으로 가만히 엿듣고는 즐거워하고 탄복하지 않는 사람이 없었지요. 그날 밤 자란이 지성으로 제게 말하였습니다.

"여자로 태어나서 시집가고자 하는 마음은 누구나 가지고 있단다. 네가 생각하고 있는 애인이 어떠한 사람인지는 내 알지 못한다. 하지만 너의 안색이 날로 수척해 가므로, 안타까이 여겨 내 지성으로 물으니 조금도 숨기지 말고 이야기해 주기를 바란다."

저는 일어나 사례하며,

"궁인이 하도 많아 남이 엿들을까 두려워 말을 하지 못하거니와, 이제 지극한 우정으로 묻는데 어찌 감히 숨길 수 있겠니."

하고는 이야기해 주었습니다.

지난 가을 국화꽃이 피기 시작하고 단풍이 떨어지기 시작할 때, 대군이 서당에 홀로 앉아 시녀를 시켜 먹을 갈고 비단을 펴게 하고서 칠언사운 열 수를 쓰시고 있었는데, 이때 동자가 들어와 고하더구나.

"나이 어린 선비가 김 진사라 자칭하면서 뵈옵겠다 하옵니다."

대군이 기뻐하시면서,

"김 진사가 왔구나."

하시고는 맞아들이게 한즉, 베옷을 입고 가죽띠를 띤 선비가 빠른 걸음으로 섬돌에 오르는데, 그 모습은 마치 새가 날개를 펴는 것과 같더라. 자리에 와서 절을 하고 앉는데, 얼굴과 거동은 신선계의 사람 같더구나.

대군이란 한 번 보고 마음을 기울여 곧 자리를 옮겨 마주앉으니, 진사가 자리를 피하여 절하고 사례하며,

"외람되이 많은 사랑을 입고 여러 번 존명(尊命)을 욕되게 하고 있다가 이제사 인사를 올리게 되오니, 황송하기 이루 말할 수 없사옵니다."

하더구나. 대군이 위로하여 말씀하시기를,

"오래 전부터 명성을 우러러 듣고 있다가 앉아서 인사를 받게 되니 영광이 온 집안에 가득하고 내게 온갖 광명을 주었소."

하시더구나. 진사는 처음 들어올 때에 이미 우리와 상면하였으나, 대군은 진사가 나이가 어리고 착하므로, 마음속으로 어렵게 여기지 아니하시고 우리로 하여금 피하도록 하지 아니하셨지.

대군이 진사를 보고 말씀하시기를,

"가을 경치가 매우 좋으니, 원컨대 시 한 수를 지어 이 집으로 하여금 광채가 나도록 하여주오."

하시니, 진사가 자리를 피하고 사양하며 말하더라.

"헛된 이름이 사실을 어둡게 하고 말았습니다. 시의 격률(格

律)을 소자가 어찌 감히 알겠습니까."

대군은 금련으로 노래하게 하고, 부용으로 거문고를 타게 하고, 보련으로 단소를 불게 하고, 나로써 벼루를 받들게 하시니, 그때 내 나이는 십칠 세였단다. 낭군을 한번 보매 정신이 어지러워지고 가슴이 울렁거렸으며, 진사 또한 나를 돌아보면서 웃음을 머금고 자주 눈여겨보더라.

대군이 진사를 보고 말씀하시기를,

"나는 그대를 진심으로 기다렸노라. 그러한데 그대는 어찌하여 구슬같이 맑고도 고운 목소리를 한번 토하기를 아껴서 이 집으로 하여금 무안하게 하느뇨?"

하니, 이에 진사가 붓을 잡고 오언사운(五言四韻)을 쓰는데, 그 시는 이리하였지.

기러기 남을 향해 가니,
궁 안에 가을빛이 깊도다.
물이 차 연꽃은 구슬 되어 꺾이고,
서리 무거워 국화는 금빛으로 드리우네.
비단 자리에는 홍안의 미녀요,
옥 같은 거문고 줄에는 백설 같은 음일세.
유하주 한 말에 먼저 취하니,
몸을 가누기 어려워라.

대군이 재삼 읊다가 놀라면서 말씀하시기를,

"진실로 이른바 천하의 기재로다. 어찌 서로 만나기가 늦었던고."

하시었고, 우리들 시녀 열 명도 모두가 일시에 서로 돌아보면서 얼굴빛을 움직이지 않는 사람이 없었지. 이구동성으로 말하기를,

"이는 반드시 왕자진[1]이 학을 타고 진세에 오신 것이다. 어찌 이와 같은 사람이 있으리요."

하였지. 대군이 잔을 잡으면서 묻기를,

"옛 시인 중에서 누가 종장(宗匠)이 되겠느뇨?"

하시니, 진사는 이렇게 대답하더구나.

"제 소견으로 말해 볼 것 같으면, 이백은 천상의 신선으로 오래도록 옥황상제의 향안(香案) 앞에 있다가, 곤륜산[2] 현포[3]에 내려와 놀면서 옥액(玉液)을 다 마시고 취흥을 이기지 못하여, 만 가지 나무의 기화(琪花)를 꺾고 비바람을 따라 인간에 떨어진 기상이옵니다. 또 노왕[4]은 해상선인(海上仙人)으로, 일월이 출몰함과, 구름이 변화함과, 창파가 동요함과, 경어(鯨魚)가 분출함과, 도서(島嶼)가 창망함과, 초목이 울밀함과, 갈대의 꽃 마름의 잎사귀와 물새의 노래와 교룡(蛟龍)의 눈물 등을 전부 가슴에 품고 있으니, 이것이 시의 조화로소이다. 당나라 시인 맹호연[5]은 음향이 가장 높으니, 이는 진나라 음악가 사광에게 배

---

1) 중국 주나라 영왕의 태자로, 직간하여 폐해 서인이 됨. 《열선전》에는 생황을 즐겨 불고 학을 타고 놀았다고 함.
2) 중국 전설 속에 나오는 산. 처음에는 하늘에 이르는 높은 산, 또는 아름다운 옥이 나는 산으로 알려졌으나 전국 시대 말기부터는 서왕모가 살며 불사(不死)의 물이 흐르는 신선경이라고 믿었음.
3) 곤륜산에 있다는 선인의 거처.
4) 중국 당나라 초기의 4걸인 왕발 · 양형 · 낙빈왕 · 노조린의 노조린과 왕발을 가리킴.
5) 중국 당나라의 시인. 녹문산에 숨어 오언시에 뛰어났으며, 뒤에 경사에 나아가 명성을 떨쳤음.

위 음률을 습득한 사람이옵니다. 또 당나라 시인 이의산[1]은 선술(仙術)을 배워 일찍부터 시마(詩魔)를 부렸으며, 일생에 지은 글이 귀어(鬼語) 아님이 없습니다. 이 외에도 다 자기의 특색을 가지고 있으니 어찌 다 말씀드리겠습니까."

"날로 문사와 같이 시를 논하되, 두보로써 으뜸을 삼는 이가 많거니와 이것은 무엇 때문인가?"

"그렇습니다. 속유(俗儒)들이 숭배하는 바로써 말씀드릴 것 같으면, 회자(膾炙)가 사람의 입을 즐겁게 하는 것과 같소이다."

"백제(百濟)가 구비하고 비흥(比興)이 지극한데, 어찌하여 두보를 가볍게 보는고?"

"제가 어찌 감히 경하게 보겠습니까. 그 좋은 점을 말할 것 같으면, 곧 한무제가 미앙궁[2]에 앉아 오랑캐가 중원을 침공하는 것을 통분히 여기고서 장수에게 명하여 치게 할 때 백만 군사가 수천 리를 이은 것과 같고, 그 아름다운 점을 말할 것 같으면, 한나라의 사마상여[3]가 장양부(長楊賦)를 읊고, 사마천이 봉선문(封禪文)을 초(草)한 것[4]과 같으며, 그 신선을 구하는 것인즉, 한나라 동방삭[5]이 좌우에 서왕모를 모시고 상제(上帝)께 천도(天桃)를 올리는 것과 같으니, 이것이 두보의 문장(文章)이

---

1) 중국 당나라의 시인 이상은. 의산은 자. 관료로서는 불우했으나 시에 있어서는 정밀하고 화려하여 송나라 초기의 화미(華美)한 서곤체시의 기본이 되었음.
2) 중국 한나라 궁전의 이름.
3) 중국 한나라 때의 문인.
4) 중국 한나라 무제 때 진황후가 왕의 총애를 잃게 되고, 상여가 돌아가자 천자가 그의 집에 가 보았는데, 책은 한 권도 없고 다만 봉선문초(封禪文草)가 있었다고 함.
5) 중국 한나라 때의 직신(直臣). 삼천갑자동방삭이라고 해서 신선에 가탁(假托)됨.

요, 백체(百體)를 구비하였다고 말할 수 있습니다. 이백에 비교
한다면, 하늘과 땅이 같지 않고, 강과 바다가 같지 않음과 같습
니다. 왕유와 맹호연6)에 비한다면, 자미7)가 말을 몰아 앞서가
고 왕유와 맹호연이 채찍을 잡고 길을 다투는 것과 같습니다."
　"그대의 말을 들으니 가슴속이 시원하여 긴 바람을 타고 태
청궁8)에 올라가는 것과 같구려. 다만 두보의 시는 천하의 고문
(高文)이라 비록 악부(樂府)에는 족하지 않지만, 어찌 왕맹과 같
이 길을 다투랴. 비록 그러하나 이만 그치고, 그대에게 원하건
대 또 한번 시를 지어 이 집으로 하여금 더욱 빛나게 하여주
오."
　진사는 곧 칠언사운 한 수를 읊으니 그 시는 이러하더라.

　연기 흩어진 금빛 못에는 이슬 기운 차디찬데,
　푸른 하늘 물결인 양 맑고 밤은 어이 그리 기뇨.
　미풍은 뜻이 있어 주렴을 걷고,
　흰 달은 정이 많아 작은 방에 들어오네.
　뜰에 그늘이 지니 소나무 도리어 그림자 일고,
　잔 속의 술 맑음은 꽃향기 떠돎이라.
　원공이 몸은 작았으나 자못 잘도 마셨으니,
　괴상하다 하지 마오, 술로 취하고 또 미치는 것을.

　대군은 더욱 기특하게 여기시고 앞으로 다시 앉으시면서 진

6) 왕유와 맹호연 모두 당나라 때의 시인.
7) 두보의 자.
8) 천상. 천상 삼청궁의 하나, 즉 하늘나라 옥황상제가 살고 있다는 궁전.

사의 손목을 잡고 말씀하시더라.

"진사는 금세(今世)의 재사가 아니오. 나로서는 그 고하를 논할 수 없소. 한갓 문장과 필법이 능할 뿐만 아니라, 또한 신묘(神妙)함을 다하였으니, 하늘이 그대를 동방(東方)에 태어나게 함은 반드시 우연한 일이 아니오."

진사가 붓을 휘날릴 때 먹물이 나의 손가락에 잘못 떨어지니, 마치 파리의 날개와 같더구나. 내가 이것을 영광스럽게 여기고서 씻어 버리지 않았더니, 좌우의 궁인들이 모두 바라보고 빙그레 웃으면서 등용문(登龍門)[1]에 비하더군. 밤이 깊어져 시간을 재촉하거늘, 대군이 몸을 가누지 못하고 졸면서 말씀하시더라.

"내 취하였도다. 그대도 물러가 쉬고서 '명조유의포금래(明朝有意抱琴來)'[2]라는 시구를 잊지 말지어다."

이튿날 대군은 재삼 그 두 수의 시를 읊고 탄복하며 말씀하시기를,

"마땅히 근보와 더불어 자웅을 다툴 수 있으나, 그 청아한 시태(時態)에 있어서는 앞섬이 있을 것이로다."

하시지 않겠니. 나는 이로부터 누워도 능히 자지를 못하고, 밥맛은 떨어지고 마음이 괴로워서 허리띠를 푸는 것조차 깨닫지 못하였는데, 너는 느끼지 못하였더라.

자란은,

"그래, 내 잊었군. 이제 너의 말을 들으니 정신이 맑아짐이 마치 술 깬 것과 같구나."

---

1) 용문은 중국 황하 상류에 있는 급류의 곳으로, 잉어가 그곳에 올라가서 용이 된다는 전설에서, 흔히 뜻을 이루어 크게 영달함에 비유함.
2) '내일 아침에 뜻이 있거든 거문고를 가지고 오라' 는 뜻.

라고 하더이다. 그 후로 대군은 자주 진사와 접촉하셨으나, 저희들로서 서로 보지 못하게 하신 까닭으로 저는 매양 문틈으로 엿보다가, 하루는 설도전(雪搗箋)³⁾에다 오언사운 한 수를 썼습니다.

베옷 입고 가죽띠를 띤 선비,
옥 같은 얼굴은 신선과 같네.
매양 주렴 사이로 바라보건만,
어이하여 월하의 인연이 없는고.
얼굴을 씻으니 눈물은 물이 되고,
거문고를 타니 원한은 줄에서 우네.
한없는 원한을 가슴속에 품고,
머리를 들어 홀로 하늘에 하소연하네.

시와 금전(金鈿)⁴⁾ 한 쌍을 겹겹이 봉해 가지고 진사에게 부치고자 하였으나 방법이 없었어요.

그날 밤 대군이 술잔치를 베풀었는데, 손님들은 모두 진사의 재주를 칭찬하였습니다. 대군이 진사가 지은 두 수의 시를 내보이니, 돌려 보고는 칭찬하기를 그치지 않으며, 모두 한번 보기를 원하였습니다. 대군이 즉시 사람과 말을 보내어 청하였습니다. 얼마 후 진사가 와서 자리에 앉는데, 얼굴은 파리해지고 몸은 홀쭉해져서 옛날의 기상이 아니었어요. 대군이 위로하며,

"진사는 근심하는 마음이 없을 것인데, 못가를 거닐면서 시

---

3) 글을 쓰는 고운 종이.
4) 금으로 만든 비녀.

86

를 읊노라고 파리해졌는가."

하고 말씀하시니, 모든 사람들이 크게 웃더이다. 진사가 일어나서 사례하고는 말하더군요.

"제가 천한 선비로서 외람히도 대군께 사랑을 받고 복이 지나쳐 화를 낳았습니다. 질병이 몸을 얽어서 식음을 전폐하고 기거를 남에게 의지하고 있다가 이제 후하신 부름을 입고 아픈 몸을 이끌고 와서 뵙는 것입니다."

그러자 좌객이 모두 무릎을 가다듬고 공경하더이다. 진사가 나이 어린 선비로서 말석에 앉으니, 안으로 더불어 다만 벽 하나를 두고 격하였을 뿐이었습니다.

밤은 벌써 깊어졌고 뭇손님들은 크게 취하였습니다. 제가 벽을 헐어 구멍을 내어서 들여다보았더니, 진사도 또한 그 뜻을 알고서 구석을 향하여 앉더군요. 제가 봉서(封書)를 구멍으로 던져 주었더니, 진사가 주워 가지고 집으로 돌아가서 뜯어 보고는 슬픔을 스스로 이기지 못하며 차마 손에서 놓지를 못하였습니다. 생각하고 그리워하는 마음은 옛날보다 더하였으며, 능히 스스로 몸을 가누지 못하는 것 같았습니다. 바로 답서는 닦아 가지고 부치고자 하나, 청조(靑鳥)가 없어 홀로 근심하고 탄식할 뿐이었어요.

하루는 동문 밖에 사는 한 무녀가 영이(靈異)[1]함으로써 명성을 얻고, 대군의 궁에 드나들면서 매우 사랑과 신용을 받고 있다는 소문을 듣고 진사가 그 집을 찾아갔답니다. 그 무녀는 나이가 아직 서른도 못 되는 얼굴이 예쁜 여자로서, 일찍 과부가

---

1) 신령스럽고 이상함.

되고는 음녀(淫女)로 자처하고 있었는데, 진사님이 옴을 보고는 주찬을 성대히 갖추고서 대접하므로, 진사는 잔을 잡았으나 마시지는 아니하고 말하기를,

"오늘은 바쁘고 급한 일이 있으니 내일 다시 오겠소."

하였답니다. 다음날 또 가니 또한 그렇게 하므로, 진사는 감히 입을 열지 못하고 또 말하기를,

"내일 또 오겠소."

하였답니다. 무녀는 진사의 얼굴이 속된 티를 벗어난 것을 보고 마음속으로 기뻐하였답니다. 그러나 연일 진사가 왔다가 말 한 번 하지 않으므로, 나이 어린 선비로 반드시 부끄러워 말을 하지 않는 것이니, 내가 먼저 정으로써 돋우어 붙들어 놓고 밤을 새우면서 같이 자리라 마음먹었답니다. 다음날 목욕을 하고 짙은 화장을 하고 화려한 옷을 입고 꽃 같은 담요와 옥 같은 자리를 깔아 놓고, 작은 계집종으로 하여금 문 밖에 앉아서 망을 보게 하였답니다. 진사가 또 와서 그 얼굴과 옷의 화려함과 베풀어 놓은 것의 아름다움을 보고 마음속으로 이상하게 여겼더니 무녀가,

"오늘 저녁은 어떠한 저녁이관데 이와 같이 훌륭한 분을 뵈옵게 되었을까?"

하였으나, 진사는 뜻이 없었기 때문에 그 말에는 대답은 하지 아니하고 초연히 즐거워하지 않고 있으니 무녀가 또 말하더랍니다.

"과부의 집에 젊은 남자가 어찌 왕래하기를 꺼리지 아니하는지요?"

진사가,

"점(占)이 신통하다던데 어찌 내가 찾아오는 뜻을 알지 못하시오."

하니, 무녀가 즉시 영전(靈前)에 나아가 앉아서 신(神)께 절을 하고는, 방울을 흔들고 접대롱을 어루만지면서 온몸을 추운 듯이 떨며 한참 몸을 움직이다가 입을 열어 말하더랍니다.

"당신은 정말로 가련합니다. 불안한 방법으로써 그 뜻을 이루기 어려운 계교를 성취시키고자 하니, 다만 그 뜻을 이루지 못할 뿐만 아니라 삼 년이 가지 못해서 황천의 사람이 되겠습니다."

그래서 진사가 울면서 사례하고는,

"당신이 비록 말하지 아니해도 나는 다 알고 있소. 하오나 마음속에 맺힌 한은 백 가지 약으로도 풀 수 없으니, 만일 당신으로 말미암아 다행히 편지를 전하게 된다면 죽어도 영광이겠소."

하자 무녀가,

"비천한 무녀로서 비록 신사(神祀)로 인해 때로 혹 드나들지만, 부르시는 일이 없으면 감히 들어가지 못합니다. 그러하오나 진사님을 위해 한번 가보겠습니다."

하더랍니다. 진사는 품속에서 한 봉지를 내주면서 말씀하였답니다.

"조심하오. 잘못 전하고서 화(禍)의 기틀을 만드는 일이 없도록 하여주오."

무녀가 편지를 가지고 궁문을 들어가니, 궁 안 사람들이 모두 그 옴을 괴이히 여기기에, 그 무녀는 권사(權辭)로써 대답하고는 틈을 엿보아 들을 사람이 없는 곳으로 저를 끌고 가서 편지

를 주더이다. 제가 방으로 돌아와서 뜯어 보니 그 편지의 사연
은 이러하였습니다.

 '한번 눈으로 인연을 맺은 후부터 마음은 들뜨고 넋이 나가,
능히 마음을 진정하지 못하고 매양 성(城) 저쪽을 향하여 몇 번
이나 애를 태웠는지요. 이전에 벽 사이로 전해 주신 편지로 해
서 잊을 수 없는 옥음(玉音)[1]을 공경히 받아 들고 펴기를 다하
지 못하여 가슴이 메이고, 읽기를 반도 못 하여 눈물이 떨어져
글자를 적시기에, 능히 다 보지를 못하였으니 장차 어찌하오리
까. 이러한 후로부터 누워도 능히 자지를 못하고, 음식은 목을
내려가지 않고, 병은 골수에 사무쳐 온갖 약이 효험이 없으니
저승이 보이는 것 같습니다. 오직 소원은 조용히 죽음을 따를
뿐이오니, 하느님께서 불쌍히 여겨 주시고 신께서 도와 주시와
혹 생전에 한 번이라도 이 원한을 풀어 주게 하신다면, 마땅히
몸을 부수고 뼈를 갈아서라도 천지신명의 영전에 제를 지내겠
습니다. 편지를 쓰다 서러워서 목이 메이니, 다시 무슨 말씀을
하오리까. 예를 갖추지 못하고 삼가 쓰나이다.'

 사연 끝에는 칠언사운 한 수가 적혀 있었는데, 그 시는 이러
하였지요.

 누각은 깊고 깊어 저녁 문 닫혔는데,
 나무 그늘 구름 그림자 모두 다 희미하여라.
 낙화는 물에 떠서 개천으로 흘러가고,
 어린 제비는 흙을 물고 처마 끝을 찾아가네.

---

1) 음신(音信)의 높임말. 음신은 편지를 말함.

베개에 기대도 이루지 못함은 호접몽(胡蝶夢)[1]이요.
눈을 돌려 남쪽 하늘 보니 외기러기도 날지 않네.
임의 얼굴 눈 앞에 있는데 어이 그리 말 없는가.
푸른 숲 꾀꼬리의 울음 들으니 눈물이 옷깃을 적시누나.

저는 보기를 마치자 소리가 끊기고 기가 막혀서 입으로는 능히 말을 할 수 없었고, 눈물이 다하자 피가 눈물을 이었습니다. 병풍 뒤에 몸을 숨기고서 오직 사람이 알까 봐 두려워하였어요.

이런 후로부터 잠깐 사이도 잊을 수가 없었으니, 시는 성정에서 나오는 것으로 속일 수 없다는 것을 새삼스레 느꼈습니다. 하루는 대군이 비취를 불러,

"너희들 열 명이 한방에 같이 있으니 업(業)에 전념할 수가 없나."

하시고 다섯 명을 서궁(西宮)에 가서 있게 하셨습니다. 저는 자란·은섬·옥녀·비취와 같이 즉일로 옮겨 갔습니다. 옮기고 나서 옥녀가 말하기를,

"그윽한 꽃, 가는 풀, 흐르는 물, 꽃다운 수풀이 정히 산가(山家)나 야장(野莊)과 같으니, 참으로 훌륭한 독서당(讀書堂)이라 할 수 있구나."

하였습니다. 이에 제가 대답하기를,

"산인(山人)도 아니고 중도 아니면서 이 깊은 궁에 갇혔으니 정말로 이른바 장신궁[2]이다."

하였더니, 좌우 궁인들 모두가 자탄하고 울적하게 여기지 않는

---

1) 중국의 장자가 꿈에 나비가 되어 즐겁게 놀았다는 고사에서 온 말.
2) 중국 한나라 때의 궁 이름. 한나라 태후가 과부가 되어 이 궁에서 외롭게 살았다고 함.

이가 없었습니다.

그 후 저는 편지를 써서 뜻을 이루고자 하였으며, 진사도 지
성으로 무녀를 섬겨 간절히 부탁하였습니다. 그러나 그녀는 마
침내 오기를 허락하지 않았으나, 진사의 뜻이 자기한테 없음을
유감으로 여김이 없지 않아서 그랬을 것 같았습니다. 하루는 저
녁에 자란이 제게 가만히 말하기를,

"궁 안 사람들이 매년 중추(仲秋)[3]에 탕춘대[4] 밑 개울에서 빨
래를 하고는 주석을 베풀었다가 파한다. 금년은 소격서동(昭格
署洞)[5]에서 한다고 하니, 갔다 왔다 하는 사이에 그 무녀를 찾
아가 보는 것이 가장 좋은 방책일까 한다."

하기에 저는 그렇게 여겼습니다. 괴로이 중추를 기다리니, 하루
가 삼추(三秋)와 같았습니다. 비취가 그 말을 가만히 엿듣고는
짐짓 알지 못하는 체하고 제게 말하였어요.

"네가 처음 올 때에는 얼굴빛이 이화(梨花)와 같아서 화장을
하지 아니하여도 천연히 아름다운 자태가 있었던 까닭으로 궁
안 사람들이 괵국부인[6]이라고 불렀는데, 요사이 와서는 얼굴빛
이 옛날보다 못하여 점점 처음과 같지 아니하니 이 무슨 까닭인
가?"

그래서 제가,

"본래 기질이 허약하여 매양 더운 계절을 당하면 언제나 더
워서 마르는 병이 있는데, 오동잎이 떨어지기 시작하고 휘장에

---

3) 음력 8월 보름. 추석.
4) 서성 또는 탕춘대성 안에 있던 큰 정자.
5) 도교의 초제(醮祭)를 맡은 관아.
6) 중국 당나라 현종의 비였던 양귀비의 언니.

서 서늘한 기운이 나오면 그로부터 좀 나아진단다."
하였더니, 비취는 희시(戱詩) 한 수를 읊어 주는 것이었습니다.
희롱하는 뜻이 없지 않았으나 시상(詩想)은 절묘하였습니다. 저
는 그 재주를 기특히 여기면서도 그 농(弄)에 대해서는 부끄럽
게 여겼어요.

그럭저럭 두어 달이 지나 계절은 가을로 접어들었습니다. 서
늘한 바람이 저녁에 일어나고, 가는 국화는 황금빛을 토하며,
풀숲의 벌레는 소리를 가다듬고, 흰 달은 환히 비추었습니다.
저는 이미 서궁 사람들이 알고 있었으므로, 숨길 수 없어서 사
실대로 고하고 나서,

"바라건대 남궁 사람들이 알지 못하도록 하여 다오."
하고 부탁하였지요. 이때에 기러기가 남쪽을 향하여 날고 풀잎
에는 구슬 같은 이슬이 맺히니, 맑은 시내에서 빨래함은 정히
그때를 당하였더이라. 여러 궁녀와 같이 날짜를 결정하고자 하
였으니, 의논이 맞지 아니하였습니다. 빨래할 장소를 구하는데,
남궁 사람들이,

"맑은 물과 흰 돌은 탕춘대 밑보다 더 나은 데가 없단다."
하고 말하였습니다. 그러자 서궁 사람들은,

"소격서동의 물과 돌은 바깥에서 더 내려가지 않는다. 어찌
반드시 가까운 곳을 버리고 먼 데를 구하는가."
하였으나, 남궁 사람들이 고집을 부려 승낙하지 아니하므로, 결
정을 짓지 못하고 그만두고 말았지요. 그날 밤 자란이,

"남궁 다섯 사람 중에서 소옥이 주론(主論)이니 내 묘계로써
그 뜻을 돌려보리라."
하고는, 옥등(玉燈)으로 길을 밝혀 남궁으로 가니, 금련이 반가

이 맞이하면서,

"한번 서궁으로 갈라진 후로 서로 떨어지기가 진나라와 초나라 같은 사이[1]가 되었는데, 뜻밖에 이렇게 오늘밤 귀한 몸이 오셨으니 깊이 사례한다."

고 말하였습니다. 그러자 소옥이,

"무엇이 고마울 것이 있니, 얘는 세객(說客)[2]이란다."

하였습니다. 자란이 옷깃을 가다듬고 얼굴빛을 바로 하고는,

"남의 마음에 있는 것을 헤아릴 수 있다니 너 말하여 주겠니?"

하니, 소옥이 말하였습니다.

"서궁 사람들은 소격서동으로 가자고 하는데, 나 혼자만이 굳게 고집한 까닭으로 네가 밤중에 찾아왔으니 세객이라고도 말할 수 있거니와, 이러나 저러나 좋지 않니."

"서궁 다섯 사람 중에 내 홀로 성내로 가자고 한다."

"홀로 성내를 생각하고 있는 것은 그 무슨 까닭이냐?"

"내 들으니, 소격서동은 곧 천황을 제사 지내던 곳이므로 동네 이름을 삼청동이라 하였다 한다. 우리 열 명은 필시 삼청궁의 선녀로서 황정경(黃庭經)[3]을 잘못 읽고 인간에 귀양을 왔을 것이다. 이미 진세에 있은즉, 산가(山家)·야촌(野村)·농막(農幕)[4]·어점(魚店)[5] 등 어느 곳이든 다 좋다. 그러나 심궁에 굳게 갇혀 마치 농중(籠中)의 새와 같은 바가 있으니, 꾀꼬리 울음

---

1) 진나라와 초나라와 같이 먼 사이.
2) 능란한 말솜씨로 각지를 유세하러 다니는 사람.
3) 도교의 경서.
4) 농사짓는 데 편리하도록 논밭 근처에 간단하게 지은 집으로, 여기서는 농촌을 뜻함.
5) 어촌 및 나루터.

을 들어도 탄식하고, 푸른 버들을 대하여도 한숨짓고, 제비가 쌍쌍이 날고 새가 마주앉아서 졸고 있는 것을 보아도 외로워진다. 풀도 즐거움을 나누지 않음이 없거늘, 우리 열 명은 홀로 무슨 죄가 있어서 적막한 심궁에서 길이 일신을 썩혀야 하는가. 봄꽃, 가을달을 바라보며 다만 등불을 벗삼아 넋을 태우며, 허무하게도 청춘을 포기하고 공연히 땅 속의 원한만을 끼치게 되었으니, 부명(賦命)의 박함이 어찌 그리 이다지도 심한가. 인생은 한번 늙어지면 다시는 젊어지지 아니하니, 다시 생각해도 어찌 슬프지 아니하겠는가. 이제 맑은 시내에 가서 목욕하여 몸을 깨끗이 하고서 태을궁[1]에 들어가 머리가 땅에 닿도록 백번 절하고 손 모아 빌며 숨은 도움을 달라고 해서 내세(來世)에 가더라도 이와 같은 고생을 면하고자 함이니, 어찌 나쁜 뜻이 있으랴. 우리 궁인은 정의가 동기와 같은데, 이 한 일로 인하여 남에게 부당한 의심을 사서야 되겠니. 내 까닭 없이 믿을 수 없는 말을 하지 않는다."

소옥이 일어나서 사과하며 말하였습니다.

"내 이치에 밝지 못하여 그대에게 미치지 못함이 멀었구나. 처음 성내를 승낙하지 않은 것은, 성내에는 본래 무뢰한 협객의 무리가 많아서 뜻밖의 강포한 욕이 있을까 근심한 까닭으로 의심하였다. 이제 네가 능히 나로 하여금 멀리 아니하고 다시 서로 통하게 하였으니, 이로부터는 비록 하늘에 올라간다고 하더라도 내 따를 것이며, 강으로부터 바다에 들어간다고 할지라도 내 또한 따를 것이니, 이른바 다른 사람으로 인하여 성사(成事)

---

1) 하늘나라의 옥황상제가 산다는 궁.

해서 성공에 미치는 것인즉 한가지겠지."

그러나 부용이 말하였습니다.

"무릇 일이라는 것은 먼저 마음으로부터 정하는 것이 옳거늘, 말로 결정하지도 않겠는데 둘이 서로 다투어 밤새도록 결정하지 못하고 있으니 일이 순조롭지 못하겠구나. 한 집안의 일을 대군께는 알리지는 아니하고 우리끼리만 밀의(密議)를 하니 이것은 불충(不忠)이라 할 수 있으며, 낮에 다툰 일을 밤도 깊기 전에 굴복하고 말았으니 이것을 불신(不信)이라 하지 않을 수 없다. 또 가을에는 옥같이 맑은 시내가 없는 곳이 없거늘, 꼭 성사(城祠)로만 가려고 하니 이것도 옳다고는 할 수 없고, 비해당 앞은 물이 맑고 돌이 희므로 해마다 거기에서 빨래를 하다가 이제 와서 다른 곳으로 바꾸고자 하는 것도 또한 옳지 아니하니, 다른 사람이 다 간다고 하더라도 나는 따르지 않겠다."

또 보련이 말하였어요.

"말이라 하는 것은 문신(文身)하는 도구와 같으니, 삼가느냐 삼가지 않느냐에 따라 복과 화가 따르는 것이다. 그러므로 군자(君子)는 말을 조심하고 입을 지키기를 병(瓶)과 같이 한단다. 한나라 때의 명상(名相) 장량은 종일 말을 하지 않아도 일을 이루지 못함이 없었으며, 색부는 이로운 말을 척척 잘하였으나 장석의 참소[2]한 바 되었단다. 이로써 보건대 자란의 말은 무엇을 숨겨 두고 말하지 않는 것이고, 소옥의 말은 강하면서도 마지못하여 좇는 것이며, 부용의 말은 말을 꾸미는 데만 힘을 쓰니, 다 나의 뜻에 맞지 않으므로 이번 행차에 나는 같이 아니하겠

---

[2] 중국 한나라 문제가 입심이 센 번색부의 능대(能對)를 기특히 여겨 쓰려고 했지만 장석지가 이를 간(諫)했다는 고사에서 나온 말로, 신분이 낮은 자가 구변이 좋은 것을 말함.

다.”

또 금련이 말하기를,

“오늘 저녁의 의논은 마침내 합의를 보지 못하였으니 내 점을 쳐서 화의(和議)하리라.”

하고는, 곧 《주역》을 펴놓고 점을 쳐 얻은 괘를 풀어서 말하였습니다.

“내일 운영은 반드시 장부를 만나리라. 운영의 얼굴과 거동은 인간 세상에 살고 있는 사람이 아닌 바가 있다. 그래서 대군께서 운영에게 마음을 기울인 지가 이미 오래 되었으나, 운영이 죽음으로써 거역하고 있음은 다른 이유가 있는 것이 아니라, 차마 부인의 은혜를 저버리지 못함이라. 대군의 명령이 비록 엄하나 운영의 몸이 상할까 두려워하는 까닭으로 감히 가까이하지 못하고 있다. 이제 이 쓸쓸한 곳을 버리고서 번화한 땅으로 가고자 하고 있으니, 유협(遊俠)[1] 소년들이 그 자색을 볼 것 같으면 반드시 넋을 잃고 미친 것 같은 자가 있을 것이다. 비록 능히 서로 가까이하지는 못하나, 손가락질하며 눈짓을 할 것이니 이것 또한 욕이다. 전일에 대군께서 명령을 내리시기를, 궁녀가 문을 나가거나 바깥 사람이 궁녀의 이름을 알 것 같으면 그 죄는 죽음을 당하리라 하셨으니, 금번 행차에 나로서는 참가할 수 없다.”

이에 자란은 일이 이루어지지 않을 줄 알고는, 실심(失心)한 듯이 좋아하지 아니하고 바야흐로 돌아가려고 하였지요. 그런데 비경이 울면서 비단띠를 잡고 억지로 만류하고는, 앵무잔(鸚

---

1) 호협한 기상이 있는 사람.

鵡盞)에 운화주(雲華酒)[2]를 따라 권하기에 좌우에 있던 사람들이 다 마셨더이다. 이때 금련이,

"오늘 저녁의 모임은 조용히 파해야 할 것이거늘 비경이 우니 나도 정말 괴롭구나."

하니, 비경이 말하였습니다.

"처음 남궁에 있을 때 운영으로 더불어 사귀기를 깊이 하여 사생(死生)과 영욕을 같이하기를 약속하였는데, 이제 비록 거처를 달리하였으나 어찌 차마 잊을 수 있겠니. 전날 대군 앞에서 문안을 올릴 때 운영을 당(堂) 앞에서 보니, 가는 허리가 말라서 더 가늘어졌고, 얼굴은 핼쑥하였으며, 목소리는 가늘어서 들릴락말락하였는데, 일어나 절을 할 때에 힘이 없어 땅에 넘어지기에 내가 붙들어 일으키고는 좋은 말로 위로하였더니, 운영이 대답하기를, '불행히 병을 얻어 명이 조석에 있으니 내 천한 목숨은 죽어도 애석함이 없지마는, 아홉 명의 문장(文章)과 재화(才華)가 날로 피어나고 다달이 빛나 다른 날 아름다운 시편(詩篇)과 고운 작품이 일세를 움직이겠지만, 내가 볼 수 없으니 이로써 슬픔을 능히 금할 수 없다'고 하던 그 말이 하도 처절하여서 내가 눈물을 흘렸거니와, 이제 와서 생각해 봐도 그 병이 위중하였음은 생각한 바와 같았단다. 슬프다, 자란은 운명의 벗이라, 죽음에 임한 사람을 천단(天壇)[3] 위에 두고자 하는 것 또한 난감한 일이니, 오늘의 계획이 만일 이루지 못할 것 같으면 황

---

2) 운유주라고도 함.
3) 옛날 중국에서 천자가 제성의 남교에서 동짓날에 친히 천제를 봉사(奉祀)하던 제단으로 흰 대리석을 둥글게 만든 단에 석계·석란을 갖추었는데, 북경·심양 등지에 그 유적이 있음.

천(黃泉)에 가서도 눈을 감을 수 없게 하는 바가 있을 것이요, 원한은 남궁으로 돌아올 것이니 그 어찌 그렇지 않겠는가. 《서경》에 말하기를, '좋은 일을 하면 하늘이 백 가지 상서로운 것을 내려 주시고, 좋지 아니한 일을 하면 하늘이 백 가지 재앙을 내려 주시나니'라 하였으니, 오늘의 이 토론이 좋은가 좋지 않은가."

또 수옥이 말하였습니다.

"내 이미 허락하였고 세 사람의 뜻도 이미 따르기로 하였으니 어찌 중도에서 그만두리요. 설혹 일이 누설된다고 할지라도 운영이 홀로 그 죄를 당할 것이며, 다른 사람은 무엇 때문에 같이 당하랴. 나는 재언(再言)하지 않고 마땅히 운영을 위하여 죽으리라."

이에 자란이,

"따르는 사람이 반이요, 따르지 않는 사람이 반이니 일은 다 틀렸노라."

하고 일어나 가고자 하다가, 들어와 다시 앉아 그 뜻을 살피더니, 혹 따르고자 하나 일구이언(一口二言)하기를 부끄럽게 여기는 것 같은지라, 자란이 다시 말하였습니다.

"천하 일에는 정도(正道)도 있고 권도(權道)도 있는데, 권도를 맞게 하면 그것이 또한 정도이다. 어찌 변통(變通)의 권도를 쓰지 않고 먼저 한 말을 굳게 지키려고 하느냐."

그러자 좌우의 사람들이 일시에 따르더군요. 또 자란이,

"내 말하기를 좋아하는 것이 아니다. 남을 위하여 일을 도모하다가 얻지 못하면 말하지 아니한다."

하니, 비경이 말하였어요.

"옛날 소진[1]은 육국(六國)으로 하여금 합종(合從)[2]하도록 하였거니와, 이제 자란은 능히 다섯 사람으로 하여금 승복(承服)하게 하였으니 변사(辯士)라 해도 좋겠구나."

자란이,

"소진은 능히 육국의 상인(相印)[3]을 찾거니와, 이제 그대들은 어떠한 물건을 주려고 하는가."

하자, 금련이 말하였습니다.

"합종(合從)은 육군의 이익이나, 이제 이 승복은 우리 다섯 사람에게 무슨 이익이 있는가?"

그러자 모두들 마주보며 크게 웃었더이다. 자란이,

"남궁 사람은 다 착해서 능히 운영으로 하여금 다시 죽을 목숨을 잇게 하였으니 어찌 사례하지 않으리요."

하면서 일어나서 절하고는,

"오늘의 일은 다섯 사람이 따르기로 하였다. 위에는 하늘이 있고 밑에는 땅이 있으며 촛불이 비치고 귀신이 엿보고 있으니, 내일 가서 다른 뜻이야 없겠지."

하고는 일어나 다시 절하고 돌아가니, 다섯 사람이 다 중문까지 나가 전송하였습니다. 자란이 돌아와서 제게 말하기에, 저는 벽을 기대고 일어나서 다시 절하며,

"나를 낳은 사람은 부모이고 나를 살려 준 사람은 너구나. 땅에 들어가기 전에 맹세코 이 은혜를 갚으리라."

---

1) 중국 전국 시대의 모사.

2) 합종설, 즉 강대한 진나라에 한·위·조·연·제·초나라가 동맹, 대항해야 한다고 주장하여, 기원전 333년에 드디어 여섯 나라의 합종에 성공했음.

3) 정승인이라고 하며, 소진은 합종에 성공하여 육국 상인을 참.

하고 사례하였습니다. 앉아서 아침을 기다리는데 소옥과 남궁 네 사람이 들어와 문안을 하고는 물러나가 중당(中堂)에 모이 니, 소옥이 말하였습니다.

"하늘은 환히 맑고 물은 차니, 정히 빨래할 때를 당하였구나. 오늘 소격서동에 휘장을 치는 것이 좋겠다."

이에 여러 사람은 다 이의가 없었습니다. 저는 물러나와 서궁 으로 돌아가서 흰 나삼(羅衫)에다 가슴속에 가득 찬 슬픔과 원 한을 써서 품에 넣고는, 자란과 같이 일부러 뒤떨어져 마부(馬 夫)를 보고,

"동문 밖에 있는 무녀가 가장 영험하다고 하니 내 그 집에 가 서 병을 묻고 오겠다."

하고 이르니, 동복이 그 말대로 하였습니다. 저는 그 집에 가서 좋은 말로 애걸하며 말하였습니다.

"오늘 찾아온 것은 김 진사를 한번 만나 보고 싶은 것뿐이오 니, 가급적 통지해 주신다면 몸이 다하도록 은혜를 갚겠어요."

무녀가 그 말대로 사람을 보냈더니, 진사가 엎어지며 자빠지 며 쫓아왔습니다. 둘이 서로 만나니 할 말도 하지 못하고 다만 눈물을 흘릴 뿐이었지요. 제가 편지를 주면서,

"저녁을 타서 꼭 돌아올 것이니 낭군님은 여기에서 기다려 주옵소서."

하고는 바로 말을 타고 갔습니다. 진사는 편지를 뜯었습니다. 그 사연은 이러하였습니다.

'일전 무산선녀(巫山仙女)[1]가 전해 준 편지에는 낭랑한 옥음

---

1) 무산은 중국 사천성의 동쪽에 있는 12봉우리의 명산으로, 여기서는 무산의 선녀, 즉 무 당을 가리킴.

이 종이에 가득하였습니다. 정녕 마음으로 읽고 또 읽어보니 슬
프고도 기뻐서 마음을 스스로 진정하지 못하고 바로 답서를 보
내고자 하였사오나 이미 전할 길이 없었습니다. 또한 비밀이 샐
까 봐 두려워 고개를 들어 멀리 바라보며 날아가고자 하오나,
날개가 없으니 애가 끊어지고 넋이 사라져 다만 죽을 날을 기다
릴 뿐이옵니다. 죽기 전에 이 편지로 제 평생의 한을 다 털어놓
고자 하오니 원컨대 낭군께서는 마음에 새겨 두옵소서. 제 고향
은 남방(南方)이옵니다. 부모님이 저를 사랑하시기를, 여러 자
녀 가운데서도 편벽되게 사랑하시와, 나가 노는 데 있어서도 그
하고자 하는 대로 맡겨 두셨습니다. 그래서 숲 속에 돌과 매화
나무ㆍ대나무ㆍ귤나무ㆍ유자나무 등의 그늘에서 날로 놀기를
일삼으니, 이끼 낀 바위에서 고기 낚는 무리와 소 먹이기를 파
하고 피리를 희롱하는 아이들이 아침저녁으로 눈에 들어왔으
며, 그 밖에 산야의 풍경과 전가(田家)의 재미는 이루 다 들을
수 없사옵니다. 부모님은 삼강오륜(三綱五倫)의 행실을 가르치
시고 또한 칠언당음(七言唐音)[2]을 가르쳐 주셨습니다. 나이 열
세 살 때에 대군이 부르신 까닭으로 부모님을 이별하고 형제를
멀리하여 궁중에 들어오니, 집으로 돌아갈 것을 생각하는 마음
금할 수 없었습니다. 그래서 더벅머리와 때묻은 얼굴과 남루한
의상으로써 보는 사람으로 하여금 더럽게 보이도록 하고자 뜰
에 엎드려 울었더니, 궁인이 보고 말하기를 '한 연꽃 가지가 뜰
가운데서 피어났다'라고 하셨습니다. 대군의 부인은 저를 사랑
하시기를 기출(己出)[3]과 다름없이 해주셨으며 대군도 보통으로

___

2) 한 구가 일곱 자로 된 한시를 한 체.
3) 자기가 낳은 자식.

여기지 않았습니다. 또한 궁 안 사람들이 사랑해 주지 않음이 없었고 모두 골육과 같이 여겼으며 학문에 종사한 후로부터 의리를 문득 알았으며 음률을 능히 살폈더니 궁인이 경복(慶福)하지 않음이 없더이다. 서궁으로 옮긴 후로부터 금서(琴書)[1]에만 전념하여 조예가 더욱 깊어져서 무사들이 지은 시는 하나도 눈에 걸리는 것이 없었습니다. 오직 남자가 되어 입신양명(立身揚名)을 하지 못하고 홍안 박명한 몸이 되어 한번 심궁에 갇히고는 마침내 시들게 되었음을 한할 따름이옵니다. 인생이 한번 죽으면 누가 다시 알아주리까. 이럼으로써 한(恨)은 마음을 얽고 원(怨)은 가슴을 눌렀습니다. 매양 수놓기를 그치고 마음을 등불에 붙이며, 깁 짜기를 파하고 북을 던지고 베틀에서 내려와 비단 휘장을 찢어 버리고 옥비녀를 꺾어 버렸습니다. 잠시 주흥(酒興)을 얻으면 모든 것에서 벗어나 산보를 하면서 섬돌의 꽃을 쳐서 떨어지게 하고 뜰의 풀을 손으로 뽑아 버리니 어리석음과 같고 미친 것과 같았으나 능히 스스로 억제하지 못하였습니다. 지난 가을 달 밝은 밤에 낭군님의 얼굴과 거동을 한번 보고는 마음속으로 천상의 신선이 인간에 적하(滴下)하였는가 하고 여겼습니다. 제 얼굴이 아홉 사람보다 가장 못났는데도 어떤 숙세(宿世)의 인연이 있었는가, 어찌 필하(筆下)의 일점(一點)을 알고서 마침내 가슴속에 원한을 맺는 실마리가 되었는지요. 발사이로 바라봄으로써 봉기추(奉箕箒)의 인연이 될까 하고 헤아려 보았으며, 꿈속에서 만나 봄으로써 장차 있을 수 없는 사랑을 이어 볼까 하였답니다. 비록 한 번도 이불 속의 즐거움은 없

---

1) 거문고를 타며 책을 읽음.

었사오나 옥 같은 낭군님의 얼굴이 눈에 아롱거려 배꽃에서 우
는 두견새의 울음과 오동잎에 떨어지는 밤의 빗소리는 슬퍼서
차마 들을 수 없었습니다. 봄이 되어 뜰 앞에 여린 풀이 나오는
것과 가을이 되어 하늘에 날고 있는 외기러기는 처량하여 차마
볼 수가 없었습니다. 혹은 병풍에 기대어 서서 가슴을 치고 발
을 구르면서 푸른 하늘에 홀로 하소연할 뿐이오니, 알지 못하나
낭군님 또한 저를 생각하고 있는지요. 다만 한스러운 것은 낭군
님을 보기 전에 먼저 죽어진즉, 땅이 늙고 하늘이 거칠어져도
이내 정만은 사라지지 않으리이다. 오늘 빨래하러 가는 행차에
는 양궁의 시녀들이 다 모였던 까닭으로 여기에 오래 머물러 있
을 수 없사옵니다. 눈물은 먹물로 화하고, 넋은 비단실에 맺혔
사오니, 엎드려 원하건대 낭군님께서는 한번 보아 주옵소서. 또
한 졸구(拙句)로써 전번의 시구에 삼가 답하옵니다. 이것은 희
롱함이 아니라 자못 호의로 부친 것이옵니다.'

  그 글은 가을을 맞이하여 상심하는 글이었고, 그 시는 상사
(想思)의 시였습니다. 그날 저녁 나올 때에 자란이 저와 같이 먼
저 나와 동문 밖을 향한즉, 소옥이 미소하면서 절구 한 수를 지
어 주는데, 저를 기롱(譏弄)[2]하는 뜻이 아님이 없었습니다. 저
는 마음속으로 부끄러이 여겼으나 참고 그 시를 보니 이러하였
습니다.

  태을사 앞 물 한번 돌아드니,
  천단에 구름 흩어지고 구문(九門)[3]이 열리도다.

---

  2) 희롱함. 실없는 말로 농락함.
  3) 대내(大內)의 아홉 겹의 문 안에 있다고 해서 구중심처라고도 함.

가는 허리는 광풍을 이기지 못해,
잠시 숲 속에 피하였다 날 저물어 돌아오도다.

자란이 곧 차운하였고 비취와 옥녀도 서로 이어서 차운하니
또한 다 저를 희롱하는 뜻이었습니다.

제가 말을 타고 돌아와서 무녀의 집에 가 본즉, 부녀가 뾜로
통한 얼굴을 하고 벽을 향하여 앉아 안색을 고치지 않고 있으
며, 진사는 옷소매로 얼굴을 가리고 종일 느껴 울어 넋을 잃고
실성하여 제가 온 것도 알지 못하는 것 같았어요. 저는 왼손에
차고 있던 운남(雲南)의 옥색금환(玉色金環)을 풀어서 진사의 품
속에 넣어 주고 말하기를,

"낭군님께서는 저로써 박정하다 아니하시고 천금같은 귀한
몸을 굽혀 더러운 집에 와서 기다리시니, 제가 비록 불민하오나
또한 목석이 아니오니 감히 죽음으로써 허락하리이다. 제가 만
약 식언(食言)한다면 여기에 금환(金環)이 있사옵니다."
하고, 갈 길이 총총하므로 일어나 작별을 고하니 흐르는 눈물이
비와 같았습니다. 제가 진사의 귀에 대고 말하였어요.

"제가 서궁에 있으니 낭군님께서 밤을 타 서쪽 담을 들어오
시면 삼생(三生)에 있어서 미진한 인연을 거의 이을 수 있을 것
입니다."

말을 마치고는 옷을 떨치고 나와서 먼저 궁문을 들어오니, 여
덟 사람도 뒤따라 들어오더이다.

그날 밤 삼경에 소옥이 비경과 함께 촛불로 불을 밝히고 서궁
으로 와서,

"낮에 읊은 시는 무정(無情)한 데에서 나왔고 희롱하는 말이

되고 말았구나. 그래서 깊은 밤을 피하지 아니하고 험로(險路)를 무릅쓰고 와서 사과한다."

하니, 자란이 받아 말하였습니다.

"다섯 사람의 시는 다 남궁에서 나오지 않았느냐. 한번 궁을 나눈 후로부터 자못 형적(形迹)이 있어 당시(唐詩)에 우이(牛李)의 당(黨)¹⁾과 같은 것이 있으니, 어찌 그렇지 않으리요. 여자의 정인즉 하나라, 오래도록 십궁에 갇혀 외그림자만을 길이 조상하게 되었으니, 오직 대하는 것이라곤 촛불뿐이요, 하는 것이라곤 거문고 타고 노래 부르는 것뿐 백화(白花)는 꽃송이를 머금고 웃고 있으며, 쌍연(雙燕)은 나래를 엇바꾸면서 즐기고 있으나, 박명한 우리는 다같이 십궁에 갇혀 사물을 볼 때마다 봄을 생각하니 그 심정이 오죽하겠는가. 아침에는 구름이 되고 저녁에는 비가 된다²⁾는 무산의 선녀는 자주 초왕(楚王)의 꿈에 돌아갔으며, 왕모 선녀(仙女)³⁾는 요대(瑤臺)의 잔치에 여러 번 참여하였거니와, 여자의 뜻은 의당 다름없거늘, 남궁 사람들은 어찌하여 홀로 항아⁴⁾와 같이 정절을 굳게 지키면서 영약(靈藥)을 도적질하였음을 뉘우치지 아니하는가."

비경과 옥녀는 눈물을 막지 못하고,

"한 사람의 마음은 곧 천하 사람의 마음이란다. 이제 성교(盛教)를 들으니 슬픈 회포가 유연(油然)히 일어나는구나."

하며, 일어나 절을 하고 가더이다. 제가 자란을 보고 말하였습

1) 중국 당나라의 우승유와 이종민 두 사람이 서로 당파를 만들어 다투었기 때문에 당쟁을 말하기도 함.
2) 중국 초나라 양왕이 꿈에 무산에서 선녀와 정교를 가졌을 때 선녀가 양왕에게 한 말.
3) 서왕모.
4) 달나라에서 산다는 선녀. 항아가 영약을 훔쳐 달나라로 갔다고 함.

니다.

"오늘 저녁에는 나와 진사님 사이에 금석(金石)의 약속이 있으니, 오늘 오지 않을 것 같으면 내일에는 반드시 담을 넘어 오리라. 오면은 어떻게 대접할까?"

"수놓은 휘장이 겹겹이 둘러 있고 비단 좌석이 찬란하며, 술은 내와 같고 고기는 산더미같이 있으니, 아니 오면 그만이거니와 온다면 대접하기가 무엇이 어렵겠니."

그날 밤에는 과연 오지 않았더이다. 진사가 가만히 그곳을 돌아본즉, 담이 높고 험준하여 스스로 몸에 날개를 갖추지 아니하고는 능히 넘어올 수 없었더랍니다. 집으로 돌아가서 말도 아니하고 근심을 얼굴에 나타내고 있는데, 이름을 특이라는 한 동복이 있어 꾀가 많더니, 진사의 얼굴빛을 보고는 나아가 무릎을 꿇고 말하기를,

"진사께서는 필경 세상에 오래 가지 못하리이다."

하고는 뜰에 엎드려 울기에, 진사가 꿇어앉아 그의 손목을 잡고 회포를 다 말하였더니 특이 말하기를,

"어찌 일찍 말하지 아니하였습니까. 제 마땅히 일이 되도록 해 보겠습니다."

하고는, 곧 사다리를 만드니, 매우 가볍고 능히 접었다 폈다 할 수가 있는데, 접으면 병풍을 접는 것과 같고 편즉 오, 육 장(丈) 가량이나 되지만, 손바닥 위에서 운반할 수 있듯이 편리하였답니다. 특이 가르쳐 주었습니다.

"이 사다리를 가지고 궁전의 담을 올라 넘어가서는 안에서 접어 두었다가 돌아올 때에도 그와 같이 하소서."

진사가 특으로 하여금 뜰에서 시험해 보게 하였더니 과연 그

의 말과 같은지라, 진사는 매우 기뻐하였습니다. 그날 밤 궁중
으로 가려고 할 때 특이 또한 품속에서 털옷과 가죽 버선을 내
어 주면서 말하였습니다.

"이것이 있으면 넘어가기가 어렵지 아니할 것입니다."

진사는 그 계교를 써서 담을 넘어서 숲 속에 엎드리니, 달빛
은 낮과 같았으며 궁 안은 조용하였습니다. 조금 있다가 사람이
안에서 나와 산보하면서 작은 소리로 시를 옮기에, 진사는 숲을
헤쳐 머리를 내놓고,

"어떠한 사람이기에 여기에 오느뇨?"

하니, 그 사람은 웃으면서,

"이리 나오소서, 이리 나오소서."

대답하였습니다. 진사는 나아가 절하고 말하였습니다.

"나이 어린 사람이 풍류의 홍취를 이기지 못하여 만사를 무
릅쓰고 감히 여기에 들어왔사오니, 엎드려 원하건대 낭자께서
는 나를 어여삐 여겨 주옵소서."

자란이,

"진사님의 오심을 고대하기를 대한(大旱)에 비를 바라는 것과
같이 하고 있다가, 이제야 다행히 뵈옵게 되어 저희들이 살아났
사오니, 원하건대 진사님은 의심하지 마옵소서."

하고는 바로 이끌고 들어가기에, 진사가 층계를 거쳐 굽은 난간
을 따라 몸을 가다듬고 들어오실 제 저는 사창을 열어 놓고 옥
등(玉燈)을 밝혀 놓고 앉아 짐승 모양의 금화로에 향을 피우고,
유리 같은 서안에 《태평광기》[1] 한 권을 펴 들고 있다가, 진사가

---

1) 중국 송나라 때에 이방 등이 편찬한 500권이나 되는 방대한 소설집.

오심을 보고 일어나 맞이하고 절하니, 진사 또한 답례하더이다. 손님과 주인의 예로써 동서(東西)로 나누어 앉았습니다. 자란으로 하여금 진수기찬(珍羞奇饌)을 차려 놓고 자하주(紫霞酒)[1]을 따라서 권하니, 석 잔을 마시고 진사는 취한 듯이 말하였습니다.

"밤이 얼마나 길지요."

자란이 곧 그 뜻을 알고는 휘장을 드리고 문을 닫고 나가더이다. 제가 등불을 끄고 잠자리에 나아가니 그 즐거움은 가히 알 것입니다. 밤이 이미 새벽이 되고 뭇 닭은 날 새기를 재촉하기에 진사는 바로 일어나 돌아가셨습니다. 이러한 후로부터는 어두울 때 들어와서는 새벽에 돌아가시니 그렇게 하지 않는 저녁이 없었지요. 사랑은 깊어 가고 정은 두터워져 스스로 그치기를 알지 못하였어요. 이로 인하여 궁중 담 안의 눈 위에는 자주 발자취가 나게 되었습니다. 궁인들은 다 그 출입을 알고 위험하다 하지 않는 이가 없었습니다.

하루는 진사가 좋은 일의 끝이 화기(禍機)[2]가 될까 봐 문득 근심하고는 마음속으로 크게 두려워 종일 즐거워하지 아니하고 있으니, 특이 바깥에서 돌아와,

"제 공이 매우 컸는데, 지금까지 상을 논하지 않음이 옳은 일이옵니까?"

하였습니다. 진사가,

"내 마음속에 새겨 두고 잊지 않고 있으니, 조만간 마땅히 상을 후히 하리라."

---

1) 유하주라고도 하며 선주(仙酒)임.
2) 재변이 아직 드러나지 않고 잠겨 있는 기틀.

하시니 특은,

"이제 진사님의 얼굴빛을 보니 또한 근심이 있는 것 같습니다. 알지 못하거니와 무슨 까닭이옵니까?"

하고 묻더랍니다. 진사가,

"보지 못한즉 병이 마음과 골수에 있고, 본즉 헤아릴 수 없는 죄가 있으니 어찌 근심하지 않겠니."

하시니 특은,

"그러면 어찌하여 남 몰래 업고 도망가지 않으십니까?"

하더랍니다. 진사는 그렇게 하기로 하고 그날 밤 특의 계교를 제게 말씀하셨지요.

"특의 사람됨이 본래부터 꾀가 많아서 이 계교로써 가르치니 그 계교가 어떠하오?"

저는 허락하며,

"제 부모는 재산이 많은 까닭으로, 제가 올 때에 의복과 보화 많이 싣고 왔으며, 또 대군이 주신 것이 매우 많은데, 이 물건들을 내버리고는 갈 수 없사오니 어떻게 하였으면 좋으리이까? 이제 운반하고자 하면, 비록 말 열 필이 있다 하더라도 능히 다 운반할 수 없어요."

하고 말하였습니다. 진사가 돌아가서 특에게 말하니 특이 크게 기뻐하며,

"무엇이 어려울 게 있사옵니까."

하기에 진사가,

"그럴 것 같으면 계교를 세워 보아라."

하시니, 특이 대답하였습니다.

"제 벗 중에 역사(力士) 이십 명이 있사온데, 날로 강해져서

나라를 위하여 일을 하고자 하거니와, 능히 당할 사람이 없사옵니다. 저하고 깊이 우정을 맺고 있어서 오직 명령만 있으면 좋을 것이오니, 이 무리로 하여금 운반하게 한즉, 태산도 옮길 수 있을 것입니다."

진사가 돌아와서 제게 말하기에, 저도 그렇게 여기고서 밤마다 수습하여 이레 만에 바깥으로 다 운반하자, 특이 말하였습니다.

"이와 같은 중보(重寶)[1]를 본댁에 쌓아 두면 큰 상전(上典)께서 반드시 의심하실 것이며, 저의 집에 쌓아 두면 이웃 사람들이 반드시 의심할 것이오니 장차 어떻게 하시렵니까. 도리가 없을 것 같으면, 산중에 구덩이를 파고서 깊이 묻어 두고는 굳게 지키면 좋을 것 같습니다."

"만약 혹 잃게 되면 나와 너는 도적이라는 이름을 면하기 어려울 것이니, 너는 조심해서 지켜라."

"제 계교가 이와 같이 깊고 제 벗이 이와 같이 많으니 천하에 있어서 어려운 일이 없습니다. 하물며 특이 긴칼을 가지고 밤낮으로 떠나지 않을 것이니 눈을 뺄 수 있겠지만 보화는 뺏을 수 없을 것입니다. 또한 제 발이 성하므로 보화를 취하지 않을 것이니, 원하건대 의심하지 마옵소서."

대저 특의 뜻은 이 중보를 얻은 후에 저와 진사를 산골로 끌고 들어가서 진사를 죽이고는 저와 재보(財寶)[2]를 자기가 차지하려는 계획이었으나, 진사는 오활(迂闊)[3]한 선비라 하지 못하

---

1) 귀중한 보배. 중요한 보배.
2) 보배로운 재물.
3) 실제와는 관계가 멂. 사정에 어둡고 주의가 부족함.

였습니다.

대군이 이전에 비해당을 구축하고는 가작(佳作)[4]을 얻어 현판에 걸자고 하였으나, 여러 문사들의 시가 다 뜻에 차지 않아 진사를 강제로 조치하여 잔치를 베풀어 놓고 간청하였습니다. 진사가 한번 붓을 휘둘러 글을 지으니, 한 점도 더할 수 없이 산수의 경색과 집 지은 모습을 전부 표현하지 않은 것이 없어 가히 풍우(風雨)를 놀라게 할 만하였습니다. 대군이 칭찬하며,

"뜻밖에 오늘 다시 선인(仙人)을 보게 되었구나."

하시고는 조용하게 읊으시기를 마지않다가, '수장암절풍류곡(隨墻暗竊風流曲)'[5]이라는 시구에 와서는 멈추고 의심스러워하였습니다. 진사가 일어나 절하면서,

"취하여 글씨를 살필 수 없사오니, 원하건대 물러가게 하여 주옵소서."

하니, 대군은 노복에게 명하여 부축하여 보냈습니다. 이튿날 밤에 진사가 들어와서 제게 말하였습니다.

"도망가는 것이 좋겠소. 어제 지은 시에서 대군의 의심을 샀으니, 오늘 밤에 도망가지 않으면 후환이 있을까 두렵소."

"어제 저녁 꿈에 한 사람을 보았는데, 얼굴이 흉악하고 스스로 모돈선우(冒頓單于)라 칭하면서 말하기를, '이미 숙약(宿約)[6]이 있는 까닭으로 장성(長城) 밑에서 오래도록 기다렸노라' 하기에 깨자마자 놀라서 일어났거니와, 몽조(夢兆)[7]가 상서롭지

아니하니 낭군님도 생각하여 보옵소서."

"꿈은 허망하다고 하는데 어찌 믿을 수 있겠소."

"그 장성이라고 말한 것은 궁장(宮墻)[1]이며, 그 모돈(冒頓)이라고 말한 것이 특이니, 낭군님은 그 노복의 마음을 잘 알고 계신지요?"

"그놈은 본래 미련하고 음흉하지만 전일 내게 충성을 다하였고, 오늘 낭자로 더불어 좋은 인연을 있게 함은 다 그놈의 계교요. 어찌 처음에는 충성을 바치다가 나중에는 악한 일을 하겠소."

"낭군님의 말씀을 어찌 감히 거역하리이까. 다만 자란은 정이 형제와 같으니 고하지 않을 수 없어요."

바로 자란을 불러 세 사람이 둘러앉아 진사의 계교를 고하였더니, 자란이 크게 놀라며 꾸짖어 말하더이다.

"서로 즐거워한 지가 오래 되었는데 어찌 스스로 화근을 빨리 오게 하느냐. 한 두 달 동안 서로 사귐이 또한 족하거늘 담을 넘어 도망하려 하다니, 어찌 사람으로서 차마 할 수 있으리요. 대군이 뜻을 기울이신 지 이미 오래 되었으니 도망할 수 없음이 그 하나요, 부인이 근심해 주시고 사랑해 주심이 지극하였으니 도망하지 못함이 그 둘째요, 화가 양친에게 미칠 것이니 도망할 수 없음이 그 셋째요, 죄가 서궁에 미칠 것이니 도망할 수 없음이 그 넷째이다. 또한 천지는 한 그물 속이니 하늘로 올라가거나 땅으로 들어가지 않는 이상 도망간들 어디로 가리요. 혹 잡힐 것 같으면 그 화는 어찌 네 몸만으로 그치겠느냐. 몽조

---

1) 궁성. 궁궐을 싸고 있는 성벽.

가 상서롭지 못하다 함은 그만두고라도 만약 혹 길하다 하면 네가 즐거이 가겠는가. 마음을 굽히고 뜻을 누르고서 정절을 지켜 평안히 있으면서 천이(天耳)를 듣는 것만 같음이 없겠다. 네 얼굴이 쇠하면 대군의 사랑도 풀어질 것이니, 사세를 보아 병이라 칭하고 누워 있으면 반드시 고향으로 돌아가도록 허락해 주실 것이다. 그때를 당하여 낭군과 함께 손을 잡고 같이 돌아가서 해로함이 가장 큰 계교이니, 이와 같은 것을 생각해 보지 못하였는가. 이제 그와 같은 계교를 당하여 네가 비록 사람을 속일 수는 있으나 감히 하늘을 속일 수야 있겠느냐.”

이에 진사는 일이 이루어지지 못할 것을 알고는 한탄하면서 눈물을 머금고 물러갔습니다.

하루는 대군이 서궁 수헌(繡軒)에 앉아 계시다가 철쭉이 만발하였음을 보시고 시녀들에 명하여 오언절구(五言絶句)를 지어 올리라 하셨습니다. 대군이 보시고 칭찬하여 말씀하셨습니다.

“너희들의 글이 날로 점점 발전하므로 내 매우 가상히 여기거니와, 다만 운영의 시에는 뚜렷이 사람을 생각하는 뜻이 있구나. 전일 부연시에 있어서도 다소 그러한 뜻이 있었으나, 이제 또한 이와 같으니, 네가 좇고자 하는 사람이 어떠한 사람이냐? 김생의 상량문(上樑文)[2]에도 의심할 만한 대목이 있었는데, 너는 김생을 생각하고 있지 아니하냐?”

이에 저는 즉시 뜰에 내려 머리를 땅에 대고 울면서 고하였어요.

“대군께 한번 의심을 보이고는 바로 곧 스스로 죽고자 하였

---

2) 집을 지을 때 기둥에 보를 얹고 그 위에 마름대를 올릴 때에 축복하는 글.

으나, 나이가 아직 삼십 미만이고, 부모님을 뵙지 아니하고 죽으면 구천지하(九泉地下)[1]에 죽어서도 유감이 있는 까닭으로 살기를 도적하여 여기까지 이르렀다가 또한 이제 의심을 나타냈사오니, 한번 죽기를 어찌 여기리이까. 천지 귀신은 밝게 살피소서. 시녀 다섯 사람이 잠시라도 떠나지 아니하였사온데, 더러운 이름이 홀로 제게만 돌아왔사오니 살아도 죽는 것만 같지 못하옵니다. 제가 이제 죽을 바를 얻었사옵니다."

바로 곧 비단 수건으로 스스로 난간에 목을 매었더니, 자란이 말하였습니다.

"대군께서는 이와 같이 영명한 죄 없는 시녀로 하여금 스스로 죽을 땅에 나아가게 하시니, 이로부터는 저희들은 맹세코 붓을 잡아 글을 짓지 아니하겠습니다."

대군이 비록 크게 노하셨으나, 마음속으로 정말로 죽이고 싶지는 아니한고로, 자란으로 하여금 구하여서 죽지 못하게 하고는, 대군이 흰 비단 다섯 필을 내어 다섯 사람에게 나누어주면서 이르기를,

"가장 잘 짓는 사람에게는 이로써 상을 주리라."

하셨습니다. 이러한 후로부터 진사는 다시는 출입하지 아니하고, 문을 닫고 병으로 누워 눈물은 베개와 이불을 적시었으니, 목숨은 가는 실오라기와 같았어요. 특이 와서 보고는 말하였습니다.

"대장부 죽으면 죽었지, 어찌 상사원결(相思怨結)을 참고서 초조하게 아녀자와 같이 상심하여 스스로 천금같은 귀한 몸을

---

1) 구중의 땅 밑이라는 뜻으로, 죽은 뒤에 영혼이 돌아간다는 곳. 저승.

버리려고 하십니까. 이제는 마땅히 계교로써 취하기가 어렵지
아니하옵니다. 깊은 밤 고요할 때에 담을 넘고 들어가서 솜으로
입을 막고 업고 뛰쳐나오면 누가 저를 감히 쫓으리이까."

　"그 계교 또한 위험하니 정성을 다하여 물어 보는 것만 같지
못하다."

　진사가 그날 밤 들어오셨으나, 저는 병이 들어 능히 일어나지
못하고, 자란으로 하여금 맞이해 들여 술 석 잔을 권하게 하고
는 봉서(封書)를 주면서,

　"이후로는 다시 볼 수 없을 것이니, 삼생(三生)의 인연과 백
년의 가약이 오늘밤으로 다한 것 같습니다. 혹 천연(天緣)이 끊
어지지 않았으면 마땅히 구천지하에서 서로 찾게 되겠지요."
하고 말하였습니다. 진사는 편지를 받고는, 우두커니 서서 맥맥
히 마주 보다가 가슴을 치고 눈물을 흘리면서 나가더이다. 자란
은 처량하여 차마 볼 수 없어 기둥에 기대어 몸을 숨기고 눈물
을 뿌리면서 서 있었습니다. 진사가 집에 돌아가서 봉서를 뜯어
보았습니다. 그 사연은 이러하였지요.

　'박명한 첩 운영은 재배하고 낭군 족하(足下)에 사뢰옵니다.
제가 비박한 자질로서 불행히 낭군님의 유의한 바가 되어, 서로
생각하기를 몇 날이요 서로 바라보기를 몇 번이나 하다가 다행
히 하룻밤의 즐거움을 나누었을 뿐, 바다같이 깊은 정은 다하지
못하였습니다. 인간 좋은 일에는 조물(造物)의 시기함이 많사옵
니다. 궁인이 알고 대군이 의심하시와 화가 조석에 박두하였사
오니 죽을 뿐이옵니다. 엎드려 원하건대, 낭군님께서는 작별한
후로 저를 가슴에 품어 두고서 마음을 상하게 하지 마시옵고,
힘써 공부하시와 과거에 급제하여 벼슬길에 오르고 후세에 이

116

름을 날리시어 부모님을 나타나게 하시옵소서. 제 의복과 보화
는 다 팔아 부처님께 바치시와 백반(百般)¹⁾으로 기도하시고 지
성으로 발원하시와 삼생의 미진한 연분을 후세에서나 다시 잇
게 하여주옵시면 좋겠습니다.'

　진사는 능히 다 보지를 못하고 기절하여 땅에 넘어지니, 집사
람들이 급히 구하여 다시 깨어났습니다. 특이 바깥에서 들어와,
　"궁인이 무슨 말로 대답하였기에 이렇듯 죽으려고 하십니
까?"
하고 물었으나, 진사는 다른 말은 하지 않고 다만 한 가지만 말
하였습니다.
　"재보는 네가 잘 지키고 있느냐. 내 장차 팔아 가지고 부처님
께 바쳐서 숙약(宿約)을 실천하리라."
　특이 집으로 돌아와서 혼자 생각하기를,
　'궁녀가 나오지 아니하니 그 재보는 하늘과 내 것이겠지.'
하며 벽을 향하여 남몰래 웃었으나, 사람들은 까닭을 알 수 없
었어요. 하루는 특이 스스로 옷을 찢고 코를 쳐서 피가 흐르게
하여, 온몸을 더럽히고 머리를 흩뜨리고 맨발로 뛰어들어와서
는 뜰에 엎드려 울면서,
　"제가 강적의 습격을 받았습니다."
하고는 다시는 말을 아니하고 기절한 사람과 같이 하니, 진사는
특이 죽으면 보화를 묻어 둔 곳을 알지 못할까 근심이 되어 친
히 약물을 달여 여러 가지로 구하여 살려냈습니다. 술과 고기로
공궤(供饋)²⁾하니 십 여 일 만에 일어나서 말하기를,

1) 여러 가지.
2) 음식을 줌.

"외로운 한 몸이 홀로 산중에서 지키고 있는데, 수많은 도적떼들이 습격해 왔습니다. 사세가 죽게 되었던 까닭으로 목숨을 걸고 도망해 와서 겨우 실오리 같은 목숨을 보존하게 되었거니와, 만일 그 보화가 아니었다면 제게 어찌 이와 같은 위험이 있으리이까. 그러하오나 명령을 어김이 이와 같으니 어찌 빨리 죽지 아니하리이까."

하고는 발로 땅을 구르고 주먹으로 가슴을 치면서 통곡하므로, 진사는 부모님이 알까 봐 두려워서 따뜻한 말로 위로하여 보냈다 합니다.

얼마 후 진사는 특의 소행을 알고 노복 십여 명을 거느리고 가서 불의에 그 집을 둘러싸고 수색하였으나, 다만 금팔찌 한 쌍과 운남보경(雲南寶鏡) 하나가 있을 뿐이었습니다. 그것을 장물(臟物)로 삼아 관가에 고소하여 찾아내고자 하나 일이 샐까 두렵고, 만일 그 보화를 얻지 못하면 부처님께 바칠 수가 없고, 특을 죽이고자 하나 힘으로 능히 누를 수 없어서 입을 다물고 묵묵히 말을 하지 않을 뿐이었습니다. 특이 스스로 그 죄를 알고는 곧장 밖에 있는 맹인한테 가서 물었습니다.

"내 일전 새벽에 이 궁장 밖을 지나다가 어떤 사람이 궁중에서 담을 넘어 나오기로, 나는 도둑인 줄로 알고 큰 소리를 치면서 뒤를 쫓았습니다. 그놈이 가지고 있는 물건을 버리고 달아나기에 내가 주워 가지고 돌아와서 감추어 두고 임자가 오기를 기다리고 있었습니다. 우리 주인이 방에서 무엇을 찾다가 내가 물건을 주워 왔다는 말을 듣고 와서 찾기로 내가 다른 재화는 없고 다만 팔찌와 거울 두 낱을 얻었다고 한즉, 주인이 몸소 들어와서 찾다가 과연 그 물건을 얻고도 마음에 차지 않아 바야흐로

118

나를 죽이고자 합니다. 제가 달아나면 길하겠습니까?"
　맹인이,
　"길하겠소."
하니, 그 옆에 있던 사람들이 듣고는 특을 보고,
　"네 주인은 어떠한 사람이관데 노복을 학대하기가 그와 같은
가?"
하고 물었습니다. 특은,
　"우리 주인은 나이는 어리지만 조만간 당당히 급제할 것이오
나, 탐욕하기가 그와 같으니 다른 날 조정에 설 때의 용심(用心)
을 가히 알 수 있지요."
하고 대답하였습니다.
　이 말이 전파되어 궁중에 들어가고 궁인이 대군께 고하니, 대
군이 그게 노하시고는 남궁 사람으로 하여금 서궁을 찾아보게
한즉, 저의 의복과 보화가 모두 없어졌으므로, 대군이 서궁 시
녀 오 인을 뜰 가운데 불러 놓고 형장을 눈앞에다 엄하게 갖추
어 놓고는 영을 내려 말씀하시기를,
　"이 오 인을 죽여서 다른 사람을 징계하라."
하시고는, 집장(執杖)[1]한 사람에게 분부하셨습니다.
　"장수(杖數)를 헤아리지 말고 죽을 때까지 쳐라."
　이에 오 인은 호소하기를,
　"원하건대 한번 말이나 하고 죽게 하여주소서."
하니 대군이,
　"하고 싶은 말이 무엇인고? 그 사정을 다 말해 보아라."

---

1) 집장사령이라고 해서 장형을 집행하는 사람.

하셨습니다. 은섬이 먼저 글월을 올리니 이러하였습니다.

"남녀의 정욕은 음양의 이치에서 받은 것이므로, 귀천을 막론하고 사람은 누구나 다 가지고 있습니다. 한번 심궁에 갇히자 외로운 몸이 되어 꽃을 봐도 눈물이 눈을 가리며 달을 대하여도 넋을 잃어, 매화나무에 앉은 꾀꼬리로 하여금 짝을 지어 날지 못하게 하며, 발 사이에 드나드는 제비로 하여금 양소(兩巢)를 얻지 못하게 하였사옵니다. 이것은 다름이 아니오라 스스로 정욕의 뜻을 이기지 못함이며, 투기의 정을 이기지 못해서 그러할 뿐이오니 어찌 슬프지 않으리까. 한번 궁장을 넘어가면 인간의 낙을 알 수 있사오나, 저희들은 오래도록 심궁에 갇혀 이와 같은 일을 하지 못하고 있사오니, 어찌 저희들의 힘으로 능히 할 수 있으며, 또 마음으로 참을 수 있으리이까. 오직 대군의 위엄이 두려워서 이 마음을 굳게 지키고 있다가 시들어 죽을 뿐이옵니다. 궁중의 일에 있어서 이제 범한 죄가 없사옵는데도 불구하고 죽을 땅에 두고자 하오시니 어찌 원통하지 않으리이까. 저희들은 구천지하에서 죽어도 눈을 감을 수 없겠나이다."

다음으로 비취가 올리니 이러하였습니다.

"대군께서 사랑해 주신 은혜는 산보다 높고 바다보다 깊사온데, 어찌 감동하옴이 없사오리까. 저희들이 대군의 깊은 은혜에 감축하고는 홀로 상궁에 거처하면서 달 밝은 가을, 꽃 피는 봄날에도, 이 뜻을 변하지 않고 오직 문묵(文墨)²⁾과 현가(絃歌)³⁾에 종사하고 있을 따름이온데, 이제 씻을 수 없는 누명이 서궁에 미치고 말았사오니 어찌 원통하지 않으리이까. 살아도 죽는 것

2) 시문을 짓거나 서화를 그리는 사람.
3) 거문고 등과 함께 어울려서 부르는 노래.

120

만 같지 못하옵니다. 오직 엎드려 빌건대 빨리 죽을 땅으로 나
아가게 하여주옵소서."

세 번째로 자란이 올리니 이러하였습니다.

"오늘 일은 죄가 헤아릴 수 없는 데 있사오니, 마음속에 품고
있는 바를 어찌 차마 숨기리이까. 저희는 여항(閭巷)¹'의 천녀
(賤女)로서 아버지가 대순(大舜)²'이 아니고 어머니가 이 비(二
妃)³'가 아닌즉, 남녀간의 정욕이 어찌 홀로 저희들에게만 없겠
습니까. 주나라 목왕도 천자로서 매양 요대(瑤臺)⁴'의 낙(樂)을
생각하였고, 항우 같은 영웅도 해하(垓下)⁵'의 눈물을 금치 못하
였으며, 당 현종 같은 영왕(英王)으로도 매양 마외(馬嵬)의 한
(恨)⁶'을 생각하였거니와, 대군께서는 어찌하여 운영으로 하여
금 홀로 운우(雲雨)의 정이 없다고 할 수 있사옵니까. 김생은 곧
딩대의 단정한 선비이온데 내당(內堂)으로 끌어들인 것도 대군
께서 하신 일이오며, 운영에게 명하여 벼루로 받들게 한 것도
대군의 영이었습니다. 운영이 오래도록 심궁에 갇혀 있으면서
달 밝은 가을, 꽃 피는 봄날이면 매양 마음을 상하였고 오동잎
에 떨어지는 밤비에 몇 번이나 애를 끊었습니다. 한번 호협한
남성을 보고 나서는 넋을 잃고 실성하여 병이 골수에 사무쳐,
비록 죽지 않는 약과 월인⁷'의 손으로 효력을 보기가 어렵게 되

1) 백성의 집이 모여 있는 곳.
2) 효자로 유명한 순 임금.
3) 순 임금의 두 왕비인 아황과 여영.
4) 선인이 산다는 집.
5) 중국 안휘성 회사도 영벽현 동남쪽의 땅으로, 기원전 202년에 한 고조의 군사가 초나라 항우의 군사를 쳐서 크게 이긴 곳.
6) 중국 당나라 현종이 마외에서 총애하던 양귀비를 죽인 고사.
7) 중국 전국 시대의 명의(名醫). 성은 주, 월인은 이름임.

었사옵니다. 하루 저녁에 아침의 이슬과 같이 죽어지면, 대군께
서 비록 측은한 마음이 있어 돌보고자 하신들 무슨 소용이 있겠
습니까. 제 어리석은 생각으로는 한번 김생으로 하여금 운영을
만나 보게 해서 두 사람의 맺혀진 원한을 풀어 주실 것 같으면
대군의 적선(積善)이 막대할 것이옵니다. 전일 운영의 훼절(毁
節)은 죄가 제게 있사옵고 운영에게는 있지 아니하오니, 제 이
한 말씀은 위로는 대군을 속이지 아니하고 아래로는 동료를 저
버리지 아니할 것입니다. 오늘의 죽음은 죽어도 영광이라 생각
하옵니다. 엎드려 바라건대, 대군은 제 몸으로써 운영의 목숨을
이어 주시옵소서."

네 번째로 옥녀가 올리니 이러하였습니다.

"서궁의 영광을 저도 이미 같이하였사온데, 서궁의 액운을
저만이 면할 수야 있겠습니까. 곤강(崑崗)도 같이 타고 옥석도
같이 타는데, 오늘의 죽음은 그 죽을 바를 얻었사오니 죽어도
유감이 없겠습니다."

끝으로 제가 말하였습니다.

"대군의 은혜는 산과 같고 바다와 같사온데, 능히 정절을 굳
게 지키지 못하였사오니 그 죄 하나이며, 전후로 지은 시에서
대군께 의심을 보이고 끝내 바로 아뢰지 못하였사오니 그 죄 둘
이옵고, 서궁의 죄 없는 사람들이 저로 인하여 같이 죄를 받게
되었사오니 그 죄 셋이옵니다. 이와 같은 큰 죄를 셋이나 짓고
산들 무슨 면목으로 살며 만약 죽음을 면하여 주신다 하더라도
저는 마땅히 자결하여 처분을 기다리겠습니다."

대군은 보기를 마치고 또 한번 자란의 초사를 다시 펴 보시는
데, 노여움이 좀 풀리는 것 같으므로 소옥이 꿇어앉아 울면서

122

고하였습니다.

"전날 빨래하러 갈 때 성안으로 가지 말자고 한 것은 제 의견이었으나, 자란이 밤에 남궁으로 와서 매우 간절히 청하기에 제가 그 뜻을 안타까이 여겨 군의(群議)를 물리치고 따랐사옵니다. 운영의 훼절은 그 죄가 제 몸에 있사옵고 운영에 있지 아니하오니 제 몸으로써 운영의 목숨을 이어 주시옵소서."

이에 대군의 노여움이 좀 풀어져서 저를 별당에 가두고 다른 궁녀들은 다 돌려보냈는데, 그날 밤 저는 비단 수건으로 목매어 죽었습니다.

진사는 붓을 잡아 기록하고 운영은 옛일을 당겨서 이야기하는데 매우 자상하였다. 두 사람은 마주 보고 슬픔을 스스로 억제하지 못하다가, 운영이 진사를 보고,

"이로부터 이하는 낭군님께서 이야기하옵소서."

하고 말하였다. 이에 진사가 이야기하기 시작하였다.

운영이 자결한 후 모든 궁인들이 통곡하지 않는 사람이 없어 부모가 돌아가신 것같이 하였습니다. 곡성이 궁문 밖에까지 들려 저 또한 듣고 오래도록 기절하여 있었습니다. 집사람들이 초혼(招魂)하고 발상(發喪)할 준비를 하는 한편 살려내기에 힘쓰니, 해질 무렵에서야 겨우 깨어났습니다. 정신을 차리고 스스로 생각해 보니 모든 일이 이미 끝난 것 같았습니다.

저는 공불(供佛)의 약속을 저버릴 수 없어 구천(九泉)의 영혼을 위로해 주고자 그 금팔찌와 보경(寶鏡)과 문방 제구를 다 팔아 가지고 쌀 사십 석을 사서 청녕사로 보내어 재(齋)를 올리고

자 하였습니다. 그러나 믿을 만한 사람이 없기로 사환을 시켜
특을 불러오게 하고는 그에게 말하였습니다.

"내 너의 전날의 죄를 전부 용서해 줄 것이니, 이제 나를 위
하여 충성을 다하겠느냐?"

특이 엎드려 울면서,

"제가 비록 어리석고 간악하나 목석이 아니옵니다. 한 몸에
지은 죄가 머리카락을 다 뽑으면서 헤아려도 헤아리기가 어려
운 것을 이제 용서해 주시니, 이것은 고목에 잎이 나고 백골에
살이 붙는 것과 같사옵니다. 감히 진사님을 위하여 죽음을 다하
지 아니하겠습니까."

하였습니다. 그래서 제가,

"내 운영을 위하여 초례(醮禮)[1]를 베풀어 놓고 불공을 드려
발원하고자 하나, 신임할 만한 사람이 없으니 네가 가지 않겠느
냐?"

하니 특이,

"삼가 분부를 받들겠습니다."

하고는, 즉시 절로 올라가서 사흘을 궁둥이를 두드리면서 누워
놀다가 중을 불러 일렀답니다.

"사십 석의 쌀을 어디에 쓰겠소. 다 부처님께 바치겠는가. 오
늘은 술과 고기를 많이 장만해 놓고 널리 속객(俗客)을 불러 먹
이는 것이 좋겠소."

그리고는 마을 여인이 지나가는 것을 보고 강제로 끌고 들어
와 승당(僧堂)[2]에서 같이 자기를 수십 일을 지내고도 재를 올릴

---

1) 혼인을 지내는 예식.
2) 중이 좌선하여 거처하는 집.

생각을 하지 않더랍니다. 중들이 통분하게 여기다가 그 초례날
에 이르러 특을 보고 말하였답니다.

"불공하는 일은 시주(施主)가 중하온데, 시주가 이와 같이 불
결하여 일이 극히 미안하오니, 저 맑은 시내에 가서 목욕하여
몸을 깨끗이 하고 예를 행함이 좋겠소."

특은 마지못하여 나가 잠시 물로 씻고 들어와서는 부처님 앞
에 꿇어앉아 빌었지요.

"진사는 오늘 빨리 죽고 운영은 내일 다시 살아나 특의 짝이
되게 하여주소서."

이와 같이 사흘을 밤낮으로 발원하는 말이 오직 이것뿐이었
답니다. 특이 돌아와서 제게 말하기를,

"운영 아씨는 반드시 살길을 얻을 것입니다. 재를 올리던 그
날 밤에 저의 꿈에 나타나서 지성으로 발원해 주니 감사한 마음
다할 수 없다고 하면서 절하고 울었으며, 중들의 꿈 또한 그러
하였다 합니다."

하므로, 저는 그 말을 믿었지요. 마침 계수나무가 누렇게 익는
계절이었습니다. 저는 비록 과거에 나아갈 뜻은 없었으나, 마음
을 가다듬고 독서하고 있다가 청녕사에 올라가서 며칠을 묵었
습니다. 그 동안 특의 한 일을 중들로부터 자세히 듣고는 그 통
분함을 이기지 못하였으나, 특이 없으니 어찌할 수 없었지요.
목욕하여 몸을 깨끗이 하고 부처님 앞에 나아갔지요. 절하고 머
리를 대고 향을 사르면서 합장하고 빌었습니다.

"운영의 죽을 때의 약속이 하도 처량하여 차마 저버릴 수 없
어 노복 특으로 하여금 지성으로 재를 올려 명복을 빌게 하였습
니다. 그러나 이제 축언(祝言)을 들으매 그 패악(悖惡)함이 이루

말할 수 없고, 운영의 유언을 헛곳으로 돌아가게 하였사오니, 소자가 감히 무슨 면목으로 축언하리이까. 엎드려 바라건대, 부처님께서는 운영으로 하여금 다시 살아나게 하시와 이 김생으로 하여금 짝을 짓게 하시고, 운영과 이 김생으로 하여금 후세에 가서 이 원통함을 면하게 하여주옵소서. 또 부처님께서는 특을 죽여 철가(鐵枷)를 입혀 지옥에 가두어 주시옵소서. 부처님께서 정말로 이 소원을 들어 주신다면 운영은 비구니가 되어 십지(十指)를 불살라 십이 층 금탑(金塔)을 지을 것이며, 이 김생은 비구승이 되어 오계(五戒)[1]를 닦아 세 거찰(巨刹)을 지어 부처님의 은혜를 갚겠사옵니다."

빌기를 마치고 일어나 머리가 땅에 닿도록 수없이 절을 하고 나왔습니다. 그랬더니 칠 일 만에 특이 우물에 빠져 죽었습니다. 이런 후로부터 저는 세상일에 뜻이 없어 목욕하여 몸을 정결히 하고 새 옷으로 갈아입고 고요한 곳에 누워 나흘을 먹지 않았지요. 마침내 한번 깊이 탄식하고는 다시 일어나지 못할 몸이 되고 말았답니다.

쓰기를 마치자 붓을 던지고 두 사람은 마주보고 슬피 울면서 능히 스스로를 그칠 줄을 몰랐다. 유영은 위로의 말을 하였다.

"두 사람이 다시 만났으니 소원이 없겠소. 원수인 종도 이미 없어졌고 통분함도 사라졌을 것인데, 어찌 슬퍼하여 마지않는가. 다시 인간에 나오기를 얻지 못하여 한함인가?"

김생은 눈물을 흘리면서 사례하고 말하였다.

---

1) 불교의 다섯 가지 계율. 곧 불살생(不殺生)·불투도(不偸盜)·불사음(不邪淫)·불망어(不妄語)·불음주(不飮酒).

"우리 두 사람은 모두 원한을 품고 죽었기로 염라대왕이 그 죄 없음을 불쌍히 여겨 다시 인간에 태어나도록 하고자 하였습니다. 그러나 지하의 낙이 인간보다 못하지 않은데, 하물며 천상의 낙은 어떠하겠습니까. 이럼으로써 인간에 나아가기를 원하지 않습니다. 다만 오늘 저녁 슬퍼한 것은, 대군이 한번 돌아가시자, 고궁(故宮)에 주인이 없고 까마귀와 새들이 슬피 울고, 사람의 자취가 이르지 아니하기로 그랬을 뿐입니다. 게다가 새로 병화를 겪은 후로 빛나던 집이 재가 되고, 옥 같은 섬돌, 분 같은 담이 모두 무너지고 오직 섬돌 위에 피어 있는 꽃만이 향기롭고, 뜰에는 풀만이 깔리어 불빛을 자랑할 뿐이니, 그 옛날의 모습이 바꾸어지지 아니하였다고는 하지만, 인사(人事)의 변화가 쉬움이 이와 같거늘 다시 와 옛일을 생각하니 어찌 슬프지 아니하겠습니까."

"그러면 그대들은 천상의 사람인가?"

"우리 두 사람은 본래 천상의 선인으로서 오래도록 옥황상제를 모시고 있었더니, 하루는 상제께서 태청궁에 앉아 제게 옥동산의 과실을 따 오라 하기로, 제가 반도(蟠桃)[1]를 많이 따 가지고 와서 운영과 같이 먹다가 발각되어 진세에 적하(滴下) 되어 인간의 괴로움을 골고루 겪다가, 이제 옥황상제께서 전의 허물을 용서하자 삼청궁으로 올라가서 다시 옥황상제의 향안 앞에서 상제를 모시게 하였삽기로, 돌아가서 이때를 타서 바람의 수레를 타고 다시 진세의 옛날 놀던 곳을 찾아와 보았을 뿐입니다."

---

1) 3천 년 만에 한 번씩 열린다는 선도(仙桃).

김생이 말을 마치고는 눈물을 뿌리면서 운영의 손을 잡고 또 말하였다.

"바다가 마르고 돌이 불에 타 버린들 우리의 정은 사라지지 않을 것이요, 또 땅이 늙고 하늘이 거칠어진들 우리들의 원한은 지우기 어려울 것입니다. 오늘 저녁에 존군(尊君)과 서로 만나 이와 같이 따뜻한 정을 나누었으니, 속세의 인연이 없으면 어찌 얻을 수 있겠습니까. 엎드려 바라건대, 존군께서는 이 원고를 거두어 가지고 돌아가시와 영원히 전해 주시옵고, 경솔한 사람들의 입에 전하여 웃음거리가 되지 않도록 하여주시면 매우 다행으로 생각하겠습니다."

그리고는 김생은 취하여 운영의 몸에 기대어 시 한 수를 읊었다.

꽃 떨어진 궁중에 연작이 날고,
봄빛은 예와 같건만 주인은 간 곳 없구나.
중천에 솟은 달은 차기만 한데,
아직 푸른 이슬은 우의를 적시지 않았네.

운영이 받아서 읊었다.

고궁의 고운 꽃은 봄빛을 새로 띠고,
천년 만년 우리 사랑 꿈마다 찾아오네.
오늘 저녁 예 와 놀며 옛 자취 찾아보니,
막을 수 없는 슬픈 눈물은 수건을 적시네.

이때 유영도 취해 잠깐 누워 있다가 산새 소리에 깨어났다. 구름과 연기는 땅에 가득하고 새벽빛은 창망한데, 사방을 살펴 보아도 사람은 보이지 않고, 다만 김생이 기록한 책자만이 있었 다. 유영은 쓸쓸한 마음 금할 수 없어 신책(神冊)을 거두어 가지 고 돌아왔다. 장 속에 감추어 두고 때때로 내어 보고는 망연자 실하여 침식을 전폐하였다. 후에 명산을 두루 찾아다니더니, 그 마친 바를 알 수 없다고 한다.

안빙몽유록

글 잘하는 선비로 성은 안, 이름은 빙이라는 사람이 있었다. 몇 차례 진사시(進士試)에 응하였으나 합격하지 못한 채, 남산 별장에 한가로이 지내고 있었다. 그는 별장 후원에 이름난 꽃과 기이한 풀을 여럿 심고, 그 사이에서 시를 읊는 것으로 매일을 보냈다.

　삼월 말, 날씨가 맑고 온화하여 안빙은 시를 읊으며 흐뭇하게 오가는 것을 그치지 아니하였다. 기력(氣力)이 쇠하여 늙은 홰나무에 기대어 앉아 입을 만지며 스스로 말하기를,

　"세상에 전해 오는 괴안국(槐安國) 이야기는 매우 허탄(虛誕)[1]하고 괴이하도다!"

하고, 몸을 기댈 듯 말 듯하다가 한가하고 홀연한 생각에 선잠이 들었다.

---

1) 거짓되고 미덥지 않음.

처음에는 크기가 박쥐만한 호랑나비가 코끝에서 나는 것을 깨닫자, 선비는 괴이하여 나비의 뒤를 따르니 나비는 혹은 가까이 혹은 멀리하면서 마치 인도해 가듯도 하였다.

몇 리쯤 따라가자 한 마을 입구에 이르렀는데, 복숭아와 오얏 꽃이 난만(爛漫)하고, 그 아래에는 좁은 길이 있어 방황하다 돌아오려 하자, 따라오던 나비 또한 보이지 아니하였다. 좁은 길 사이에서 나이 십삼, 사 세 가량 된 청의동자(靑衣童子)를 만났는데, 그 동자가 손뼉을 치며 웃으며 말하기를,

"안공께서 오신다."

고 하고, 인하여 달려 사라지니 그 걸음이 날 듯하였다. 선비는 그 동자와 서로 알지 못하였음을 곰곰이 생각하고, 자못 괴이하게 여겼다.

드디어 좁은 길을 찾아 들어가자, 집 한 채가 보였는데 흰 담장을 두르고 붉은 용마루에 푸른 기와와 훤히 빛나는 산골짜기는 자못 인간의 제도가 아니었다. 점차 밖의 문으로 나아가니 채색 문이 일시에 열리며, 갑자기 한 시녀가 나타났는데, 붉은 입술과 푸른 소매가 아름답고 훌륭하였다. 곧바로 선비 앞에 이르러 미소를 머금으며, 몸을 숙여 예를 표함이 자못 과거에 서로 친한 사람과도 같았다. 먼저 멀리서 오느라고 수고하였다고 말하고, 이어 전하기를,

"저희 왕님께서는 공(公)의 원대한 도리를 들으시고, 매우 기뻐하사 장차 대등한 대우로 배례(拜禮)[1]를 베풀고자 하니 잠간 머무르소서."

---

1) 머리 숙여 절함.

하고는,

"우리 임금님은 도당씨로, 요 왕의 아들 단주의 후예옵니다. 그 선조 중 많은 사람이 우·하 시대에 여러 목민관(牧民官)[2]이 되었는데, 목민(牧民)함에 공이 있으므로 드디어 왕의 호칭을 갖게 되어 여러 대를 이어왔으나, 후사가 번창하지 못하여 여러 신하들이 공화 정치(共和政治)를 하여 종실의 여자들 중 학문과 덕이 있는 자를 택하여 즉위시키고, 목덕(木德)·화덕(火德)을 섞어 사용하였습니다. 무릇 위의(威儀) 제도(制度)에는 푸른빛과 붉은빛을 숭상하여 오늘에 이르도록 이 예(禮)를 따르고 있습니다."

라 하였다. 이에 선비가 묻기를,

"그대는 누구이며, 성씨는 무엇이고, 차례는 몇째인가?"

라고 하자, 시녀가 말하기를,

"제 성은 강이요, 이름은 낙으로, 차례는 스무 번째로, 한나라 시대 강후영의 후손이옵니다. 선조 시대에 강(絳)에 봉해져 성으로 삼고 있사옵니다."

문답을 마치려는데, 또 한 시녀가 나오니 고운 바탕에 사뿐하고 충만하여 스스로 지탱하지 못하는 듯하였다. 단정히 선비를 향하여 읍하고는 이어 강씨를 희롱하여 말하기를,

"무슨 비밀 이야기가 있기에 사람을 보자 바로 그치는 것인가요?"

강씨는 웃으며 말하기를,

"마침 귀한 손님을 만나 다만 성명을 통하였을 뿐이니, 어찌

---

2) 원(員) 등 외직 문관을 이르는 말.

의심하겠소?"

선비가 또한 강씨에게 하였던 것처럼 성명을 묻자, 여인이 말하기를,

"저는 이름이 유이온데, 차례는 열 여덟째이옵니다. 손님과 같은 성으로, 계통이 금곡(金谷)에서 나왔사옵니다."

선비가 같은 성과 금곡의 이야기를 묻고자 하나, 여인이 말하기를,

"외람되이 왕님의 명을 전달하는데 한가히 이야기할 겨를이 없으니, 바라옵건대 서둘러 우리 왕님께로 드시옵소서."

라 하였다. 선비가 관을 바로 잡고 손을 공손히 하고서, 두 시녀를 따라 들어가니, 수십 개의 겹문을 지나서 정전이 우뚝한데, 황금빛으로 현관에 쓰기를 조원전(朝元殿)이라고 하였다. 이슬처럼 고운 구슬을 꿰어 발을 만들고, 월계화로 걸상을 장식하였으며, 백옥이 지대 뜰을 이루고 있었고, 푸른 유리를 뜰에 깔았으니 깨끗하여 가히 밟을 수 없었다. 왼쪽에는 푸른 누각이 있고, 오른쪽에는 붉은 누각이 있으며, 왼쪽은 편액(扁額)[1]을 여춘이라 하였고, 오른쪽은 화악이라 하였으니, 난간과 그림 그려진 기둥의 화려함과 광채는 능히 사람의 시선을 빼앗고 남을 만하였다.

선비는 두려워하여 조심하면서 몸을 웅크리고 굳어진 듯이 섰는데, 행랑 사이에서 갑자기 선계(仙界)의 음악이 나부끼듯이 들려와 마치 공중으로부터 내려오는 것 같았다. 시녀 수백 명이 수레를 옹위(擁衛)하는데, 여왕이 수레를 멈추고 나오는 것이

---

1) 방 안이나 문 따위의 위에 거는, 가로로 된 긴 액자.

보였다. 나이는 십칠, 팔쯤 될 만하고, 붉은 비단의 곤룡포(袞龍
袍)[2]를 입었으며, 황금의 정교한 무봉관을 썼고, 풍염(豊艶)[3]한
살결에 붉은 볼이었다. 아름다운 걸음걸이로 천천히 동쪽 섬들
을 경유하여 내려오자, 기이한 향기가 풍겼다. 선비는 급히 달
려 나아가 뜰에서 절을 드리고자 하였으나 왕은 앞서의 두 시녀
로 하여금 만류하게 하더니,

"오래도록 깨끗한 덕행(德行)을 우러러 절하고, 사모하기를
진실로 힘썼고, 서로 다스린 바가 없었으매, 당에서 내려 서로
만나리니, 행여라도 그러지 마시오."

선비는 감히 하지 못하겠다고 답변하고 드디어 두 번 절하니,
왕 역시 답배하고, 서로 더불어 읍(揖)하여 겸손함을 표하고 전
각에 올랐다. 자리를 정하자 왕은 시녀를 돌아보며 말하기를,

"이부인을 불러오되 반희와 함께 하도록 하라."

조금 뒤에 이부인이 이르렀는데, 깨끗이 화장하고 소박한 복
식에 걸음걸이는 사뿐하고 유연하며, 모습은 옥이 곱고 구슬이
아름답게 빛나는 것과 같았다. 다시 반희가 이름을 부르니 풍염
한 얼굴은 약간 붉고, 푸른 눈썹은 산을 모은 듯하며, 가냘프고
짙고 고운 바탕은 붉은 비단보다 훨씬 나았다. 선비가 얼떨결에
내려가 절하니, 두 사람 또한 답배를 하고는 남쪽 좌석으로 나
아가 앉고자 하였다.

이부인이 반희에게 읍하자, 반희는 이부인에서 사양하여, 오
래도록 결정하지 못하였다. 왕은 두 사람을 희롱하여 말하기를,

"과거에 이부인은 총애를 받고 반희는 소원하였으나, 오늘의

2) 임금이 입던 정복.
3) 탐스럽게 살이 쪄 아름다움.

136

자리는 벼슬로써 하지 말고 미색(美色)으로 함이 가하겠는가?"
라 하였다. 반희는 옷깃을 여미고, 웃으며 대답하기를,

"다만 종일 바람 불고 날씨가 험하기 때문이옵니다. 과거의
반열은 누가 이씨와 더불었는지 알지 못하고, 제가 듣건대 조정
에서는 벼슬만한 것이 없다고 하옵니다."

드디어 윗자리에 나아가 어울려 웃음을 그치지 않았는데, 홀
연히 문밖에서 시끄러이 소리치는 것이 들리고, 문지기가 들어
와 손님이 도착한다고 급히 고하였다. 왕은 말하기를,

"오랜만에 조래 선생·수양 처사·동리 은일과 더불어 만나
기로 한 약속이 오래 되었는데, 이들이 마침 오는구나! 짐이 일
찍이 빈객(賓客)¹⁾으로 대우하였으니, 앉아서 기다림은 마땅하
지 아니하도다."

드디어 전각을 내려서자, 세 사람은 이미 이름을 통하고 각기
차례로 들어오니, 왕이 용모를 가다듬고 기다렸다. 한 사람은
푸른 수염과 큰 키에 기개가 뛰어났고, 한 사람은 굳건하고 바
르며 드높은 절조에 말끔하고, 마지막 한 사람은 누런 관에 야
인 복장을 하였는데, 향기로운 덕성이 얼굴에 어리었다. 세 사
람이 이르러서는 길게 읍하고는 절을 하지 않으면서 말하기를,

"저희는 야인이라 성품이 소루(疏漏)²⁾하고 나태하여 예법(禮
法)을 알지 못합니다."

왕은 더욱 예로 우대하고 드디어 전각에 올라와서는 벽을 나
누어 마주보고 앉았다. 선비는 끝으로 달려가 절하니, 세 사람
은 서로 돌아보며 얼굴빛이 변하면서 말하기를,

1) 귀한 손님.
2) 생각이나 하는 일이 꼼꼼하지 못함.

"안수재는 어떻게 하여 이곳에 오셨습니까? 다시 만나서 얼굴을 알게 되니 다행이 아니겠습니까?"

선비는 매우 괴이하게 여기면서도, 그 이유를 깨닫지 못하였다. 세 사람은 선비에게 읍하고 좌객으로 대우하려 하니 선비는 굳이 사양하며 나아가지 않았다. 이에 왕이 말하기를,

"예는 마땅히 이와 같아야 하되, 지나치게 사양함은 이치에 맞지 않습니다."

라 하여 선비는 부득이 나아가 앉으니, 그 다음에 조래, 다음은 수양, 다음은 동리 순이었다. 각기 서로 안부를 물은 후 마침내 이 부인이 나아가 왕에게 아뢰었다.

"옥비가 가까이 있고, 좋은 모임을 또 다시 얻기가 어려우니 어찌 서로 초대하지 아니할 수 있겠습니까?"

왕이 말하기를,

"그렇다."

하니, 곧 하인을 시켜 맞이하게 하였다. 밥 한 끼 지을 만한 시간이 되어, 산 뒷길을 지나 비가 이르니, 엷은 화장에 흰옷을 입고 흰말을 타고 또한 여자가 함께 뒤따라 이르렀는데, 호위하여 모심이 왕비나 공주와 같았다. 왕은 바라보다가 앉아 있는 빈객들에게 말하기를,

"《시경》에 말하기를, '빈객이시여! 그 말이 희구려!' 하였으니, 이는 또한 우리 집안의 빈객이로다. 다만 뒤에 이르는 자가 누구인지 알지 못하겠소."

비가 이미 들어와 알현(謁見)[3]하고는 말하기를,

---

3) 지체 높은 사람을 찾아 뵘.

138

"부용 성주 주씨와 서로 지나치다가 이끌어 함께 왔으니, 성
대한 연회에 당돌하지 아니하겠는지요?"
라 하였다. 왕이 말하기를,

"나를 매우 흥기(興起)시키도다. 서둘러 들어오도록 하시오."

주씨가 알현하자 광채가 사람을 움직이고, 돌아보니 훤하게
빛났다. 두 사람이 나중에 이르러, 앉은 차례를 두고 곤란해하
자, 조래가 말하기를,

"옥비는 수양의 아래에 차례를 할 만하오."

옥비는 얼굴빛을 바꾸며 말하기를,

"《예기》에 '남녀는 자리를 함께 하지 않는다' 하였는데, 하물
며 손을 마주 닿으며 능히 앉겠습니까?"
라 하였다. 왕이 말하기를,

"그렇다. 옥비는 혈족(血族)으로는 형이요, 누추한 나라의 빈
객이니 비록 권좌에 앉았더라도 내가 낮춤이 옳다. 주씨는 마음
대로 성곽과 못을 만들어 주인이 되었으니, 옥비의 다음 차례가
될 만하도다."

두 사람이 겸양하여 정하지 못하다가 드디어 자리에 이끌려
뒤에 앉았다. 잠시 뒤 음식이 나오니, 향기롭고 진기함이 일찍
이 보지 못한 것이었다. 풍류 기생 수십 명이 화관(花冠)을 쓰고
악기를 들었는데, 각기 한 가지 색의 옷을 입어 청·황·적·백
등 현란하였다. 드디어 대청 아래에 앉으니, 이들 또한 모두가
경국지색(傾國之色)[1]이었다. 왕은 옥을 깎아 만든 술잔을 좌석
에 내고는 여미주를 따라 선비를 향하여 먼저 올렸다. 선비는

---
1) 나라를 위태롭게 할 정도로 뛰어난 미녀.

머뭇거리다가 무릎 꿇고 물러나며 좌우로 사양하니, 왕이 말하
기를,

"이미 윗자리에 앉았으니, 어찌 다시 첫 잔을 사양하리이
까?"

하였다. 이에 뭇 주악(奏樂)이 모두 연주되고, 기녀가 짝지어 춤
을 추는데, 하나는 황금빛 술이 달린 옷이요, 긴 허리가 간들간
들하고, 하나는 깃털 옷을 입고 가뿐한 몸이 훨훨 나는 듯하였
다. 황금빛 술 달린 옷을 입은 기녀가 절양류(折楊柳)[2]를 읊었
다.

담장 머리 버들 휘늘어지니 꺾고 싶구나.
꺾어 떠나는 사람에게 주니 몇 가지나 남았는고.
해마다 이별하여 해마다 꺾으니
봄바람에게 말 부치노니 장차 불지 말아 다오.

깃털 옷의 기생은 접련화(蝶戀花)[3]를 불렀다.

초록 남쪽 동산에 풀이 푸르러, 봄 또한 사례하니
꿈속 풍광 너는 어찌 내 조화 아니겠느냐?
한 번 좋은 자리에서의 만남은 하늘이 빌린 바이니
다시 어느 곳을 찾아 분분히 지날까?
세상 바쁜 가운데 번뇌 보기를 다하니
푸름이 부수어지고 붉음의 쇠잔함에 청춘 늙음을 막을 길 없

---

2) 곡조의 하나로, 고향을 떠날 때 버들가지를 꺾어 이별의 정을 노래한 것.
3) 나비가 꽃을 그리워함.

구나.

오늘 어찌 내일이 좋음을 알겠는가?

몸이 술동이 앞에 엎어짐을 애석해 여기지 말라.

왕이 말하기를,

"세속의 음악은 사람의 귀를 어지럽힐 뿐이라. 우리 집안의 옛 악보를 보고자 하는데, 여러분의 뜻이 어떤지 알지 못하겠소."

하자 모두 말하기를,

"듣기를 원하옵니다."

라 하였다. 왕이 시동을 바라보자, 곧 황색 치마에 가는 허리의 기녀가 있어 오현금(五絃琴)[1]을 잡고 가지런히 가다듬어 줄을 고르고는 남훈곡(南薰曲)[2]을 켰다. 곡조가 고상하고 절묘하여 온 얼굴이 경탄해 마지않았다. 이에 왕이 말하기를,

"나는 단주의 후예입니다. 우리 문조께서 일찍이 이 곡을 지었고, 중화께서 이에 노래하고 연주하였는데, 세상에서는 이 곡이 중화의 작품이라고만 알고, 실로 우리 문조에게서 비롯되었음을 알지 못합니다. 그러므로 우리 집안에 대대로 전해져 오늘에 이르기까지 잃지 않았습니다."

모두 탄복하였다.

"옛날 오계찰이 소소[3]를 추는 자를 보고, '덕이 지극하고 극진하외다. 비록 다른 풍류가 있더라도 다시는 보지 않겠나이

---

1) 다섯 줄을 걸게 되어 있는, 옛날 거문고의 한 가지.
2) 부모의 은혜를 찬양하여 천하에 효도를 가르치기 위해 만든 곡으로, 순이 지음.
3) 순의 음악.

다' 라 하였는데, 이는 모두의 뜻이 그러합니다."

왕은 명령을 전해 다시 다른 음악을 연주하기 않도록 하고 빈객에게 말하기를,

"좋은 기약은 막히기 쉽고, 좋은 일을 하기 어려움은 옛사람이 슬퍼한 바입니다. 오늘 술이 반도 되지 않아 음악이 그쳤으니, 손님을 즐겁게 하지 못함입니다. 청하건대 각기 시 한 편씩 읊어, 그 결함을 메움이 어떠하겠습니까?"

하자 모두가 말하기를,

"그러하지요."

왕은 옥비를 돌아보며 말하기를,

"나는 술자리를 마련하여 끝내지 못하였고, 형의 자리가 내 다음이니, 주인을 대신하여 감히 서로 잇도록 하시오."

옥비는 교태로이 부끄러워하며 사양하였으나, 좌우에서 억지로 요청하여 끝끝내 절구(絶句) 한 편을 읊었다.

은근히 천 리의 강남 소식이
응당 고산의 처사(處士)⁴⁾ 집에 이르렀으리.
한 번 옥난간에 들었으니 봄이 적막한데,
스스로 안타까워하나니 성긴 그림자 누구를 위하여 비꼈는고?

읊기를 마치자 옥이 한(恨)하고 목메어 소리를 삼키고는,

"제 집은 강남이온데, 뒤에 고산으로 옮겼고, 처사 임포와 이

---

4) 세상 밖에 나서지 않고 조용히 묻혀 사는 선비.

웃하여 여러 번 운월지회(雲月之會)를 나누어하였습니다. 스스로 분에 넘치게도 옥란에 들어오고서는 매양 서호를 생각하였습니다. 비록 공묘히 미소를 짓고 패옥(佩玉)[1]을 차고 점잖이 걸으려 하나 가능하겠습니까? 어제를 느끼고 지금을 애달파 하니 감정이 그 말에 드러났습니다."

왕은 이 말을 듣고 실의하여 즐거워하지 않았다. 좌우에서 그 까닭을 묻자, 왕은 탄식하기를,

"실같은 담장이도 덩굴을 뻗음에 무릇 그 의탁할 곳을 구하는 법이온데, 여자의 몸가짐에 어찌 따를 바 없을 수 있겠는가? 스스로 생각하건대 부족한 바탕으로 기꺼이 동황은 스스로 청년임을 믿고서, 우레 소리 같은 번개 수레를 바람처럼 몰고, 달과 꽃을 찾아 돌아다니며 놀아나니, 형제는 황조의 훈계를 노래하고 마부는 기초시를 지었도다. 상제는 하늘의 이치를 저버린 데 노하여, 더 심히 꾸짖고 재앙을 내려 동방으로 귀양을 보냈도다. 그러나 또한 그 풍도(風度)[2]와 재주를 아껴 쓸쓸히 살다 끝맺게는 하지 않았으니, 더불어 해마다 봄의 석 달 중 열흘을 서로 만나게 하였도다. 이후로는 소식이 끊겨 이어지지 않으니, 이는 남해와 북해 먼 데에서 바람난 말과 소가 미치지 못하는 것과 한몸이로다. 천진의 이별 또한 스스로를 비유하기에 충분하도다."

옥비의 말에 서로 마음이 움직여 좌우에서 또한 더불어 탄식하였다. 왕은 두 시동에게 구름 같은 비단 한 폭을 펴도록 하고는 근체 칠언율시를 써서 좌우에게 보이고, 선비에게 화답을 부

---

1) 왕과 왕비의 법복이나 벼슬아치의 금관 조복의 좌우에 늘이어 차던 옥.
2) 풍채와 태도.

탁하니 그 시는 이러하였다.

　진귀하고 소중한 동황은 사람을 오해하니,
　이별은 어제와도 같아 꽃다운 때를 원망하도다.
　단장한 누각 저문 비에 연지는 떨어지는데,
　보장의 남은 향기는 비단의 수에 새롭기만 하도다.
　천상의 좋은 때는 오직 칠석이니,
　술동이 앞 좋은 만남도 열흘을 넘기지 못하는구나.
　밤에 견우와 직녀성을 보니 근심된 생각만 나고
　모임이 끝나니 남풍은 백성을 살찌우도다.

　선비는 꿇어앉아 읽기를 두세 번을 하고는 붓을 적셔 화답하
였다.

　우연히 호랑나비를 만나 그윽한 대화 이루고
　문득 바라보니 산길 또한 봄이구나.
　청조는 홀연히 금모의 소식을 전하고
　늙은이는 지금 자황의 대궐에서 절하도다.
　빈장들 많은 자리에는 꽃도 일제히 터지는데
　풍월은 사람을 머물 게 술은 몇 순배였더냐?
　스스로 다행함은 묵은 인연 때문에 옥적에 오름이니
　되돌아와 다시 금성 사람을 찾으리로다.

　좌우에서 일제히 칭찬해 말하기를 매우 뛰어난 재주라고 하
였다. 선비가 또한 주씨에게 부탁하니, 주씨 머리를 숙이고 한

참 있다가,

"세 분의 것과는 다릅니다."

라 하였다. 드디어 주씨 창랑곡(滄浪曲)을 노래하였다.

창랑의 물이 맑거든 내 갓끈을 씻을 수 있고,
창랑의 물이 흐리거든 내 발을 씻을 수 있으리.

이에 왕은 웃으며 말하기를,

"본래 각기 그 뜻을 말하고자 함인데, 한갓 옛 가사를 읊는다면 이는 무릇 기수에서 목욕하겠다는 증점이 아니니, 어찌하여 할 수 있으랴? 서둘러 벌을 행하리로다."

라 하였다. 즉시 큰 술잔에 넘치게 따르자 주씨 일어나 술자리 옆에서 벌주 잔을 받아 절하고 마시니, 문득 술기운이 얼굴에 오름이었다. 이에 낭랑하고 고아하게 읊기를,

외람되이 부용이 주인 되니, 해가 몇 번이나 돌아왔더냐?
등한하게 꽃 속에서 연꽃 배를 젓도다.
광풍제월(光風霽月)[1]을 사람마다 사랑한 이 없으니
말씀이 염계에 미치자 다시 근심을 짓도다.

라 하였다. 주씨는 부탁하는 바가 없었다. 조래 선생은 왼손에 술잔을 잡고 오른손으로 소반을 두드리며 차분히 가늘게 읊으니 청초하여 가히 들을 만하였다.

---

1) 비가 갠 뒤의 바람과 달이란 뜻으로, 마음결이 명쾌하고 집착이 없으며 쇄락함.

조래산 아래 늙은 수염 진 사내
바람과 서리에도 옛 모습을 그대로다.
한하는 것은 주왕이 동(東)으로 사냥 떠난 뒤
부질없이 헛된 명성으로 더럽게 봉해진 일이라.
그 뒤 차례로 지음(知音)이 있었는데, 수양이 가사에 말하기를,
젊고 젊어 두각을 나타내니
처음에는 몸을 비단으로 묶고 감싸 주었도다.
선군(先君)은 사양하는 덕이 많되
후예는 사람을 이루지 못하였도다.
오히려 천년의 절개를 보존하였으니
구십의 봄을 자랑하지 말 일이라.
봉황 소리 듣기에는 마음이 없으니
고비, 고사리와 더불어 내 이웃하리라.
동리의 시에 말하기를,
도리로써 즐기고 번잡한 화려함을 싫어하나니
동쪽 울타리가 곧 내 집이로다.
저녁에 피는 꽃은 가을이 지난 뒤에 적었거늘
이슬은 밤이 깊은 후에야 많도다.
율리에는 도연명을 슬퍼하고
용산에는 맹가가 한스럽도다.
해마다 비바람 몰아치는 날이면
다시 머리에 꽃이 만발하지 아니하리.

두 편은 글귀마다 모두 놀라웠다. 왕이 말하기를,

"수양의 고고함과 동리의 자유분방함은 뼈가 사그라지도록 영원히 변하지 않을 것이로다. 그 옛날 노나라 공자가 일컫기를 '주나라는 하·은 두 시대를 본받았으니, 빛나도다. 문화여! 나는 주나라를 본받으리라'고 하였고, 당나라 한유 또한, '애석하도다! 내가 그때에 미치지 못함이여! 그 사이에 나아가고 물러나며 읍하고 양보하지 못하였으니 아! 성대하도다!' 라고 하였으니, 설령 두 군자를 이때에 나게 하였다면 그 고고함과 자유분방함에 그쳤을 뿐일 것더라."

그 글에 깊은 뜻이 서린 듯하자, 처사는 얼굴빛이 변하여,

"요·순이 위에 있고, 아래에는 소부와 허유가 있으니, 주나라 공덕이 비록 성대하되 멀리 당우에게 부끄러웠나이다. 우리 두 사람이 비록 쇠미(衰微)하되, 허유와 소부의 뒤에 있지 않나이다."

이에 왕은 숙전의 첫 장을 읊었다.

"어찌 아미가 없다고 하여 눈앞에 모양을 내랴? 여러 군자에게 사랑을 받는 것은 무릇 역경에도 변하지 않는 자태가 있음이로다. 내 생각하건대 제왕의 도리가 넓어 초목에도 두루 미치니, 무릇 미물(微物)이라도 내 교화(敎化)에 맞지 않는다면 보지 않을 터이다. 그러한즉 서로 도움을 가장 큰 이치로 하여 만물이 다같이 봄이 되게끔 할 수 없겠는고?"

수양은 기욱의 첫 장을 읊고, 동리는 간혜의 끝 장을 읊고 나서 말하기를,

"각기 제 지키는 바가 있는 법이므로 서로 빼앗을 수 없을 것이외다."

라 하였다. 이에 왕이 말하기를,

"두 군자의 말은 내 쇠미함을 꺼려함인가?"

이에 술 돌리기를 마치려 하자 선비는 일어나 하직하고자 하였다. 이에 왕이 말하기를,

"반희와 이부인이 또한 자리에 있으나 아직까지도 미처 글을 짓지 못하였으니, 잠시 기다려 두 사람으로 하여금 마음 쓸쓸하지 않도록 함이 옳지 않겠소?"

라 하였다. 이에 선비는 공손히 응낙하였다. 왕은 두 사람에게 말하기를,

"안수재가 떠나려 하는데, 은근함은 아직도 다하지 못하였도다. 그러한즉 반희와 부인은 일어나 춤추지 않고, 그 지은 바 시의 장을 노래하여 남은 흥을 도우려 하지 않는가?"

이에 두 사람은 어명을 받아 앞으로 나와 절하고는 아뢰기를,

"저희가 평소에 무도(舞道)를 배우지 못하였나이다. 그러나 오늘 이 자리는 그 즐거움이 더없이 만발하여 저희 손발이 저도 모르게 놀려지나니, 마땅히 졸렬한 모양이나마 보여 드리겠나이다."

라 하였다. 드디어 짝을 지어 나아가고 물러나기를 월궁 소아의 춤이었다. 이부인이 먼저 노래하되, 그 가사는 이러하였다.

선제께서 봄날에 노닐어 건장궁에 나가시니
은총은 궁녀들 중에서 가장 으뜸이었도다.
꽃다운 마음 지워지지 아니하나 연화는 다하니,
한 곡조 추풍(秋風)에 한을 잊지 못하겠도다.

반희가 이어 불렀다.

148

영화로운 지난날 사양하며 더불어 수레를 타니
아침을 마치도록 비바람이 백량대를 막았도다.
천년이 지나도록 마음을 알아주는 이 이백뿐이니
조비련의 새 단장 의지함을 가련하게 여기노라.

왕은 시동에게 명하여 옥돌 쟁반에 춘채단을 담아 상을 주며
말하기를,
"마땅히 비단으로 머리를 씌울 만하도다."
라 하셨다.
두 사람은 왕의 은혜에 절하고는 나아가 자리에 앉았다. 조래
선생은 기쁜 기색도 없이 수양을 보고는,
"이미 취하여 나가니, 그 복(福)을 받으라."
하고는 담을 넘어 곧장 가 버렸다. 이에 이부인은 수양과 동리
를 두고 말하였다.
"옛날에 어떤 처사가 노래를 듣고 놀라 담을 넘어 도망하였
지요. 그를 놀리는 자가 있어 이를 두고 말하기를, '산새는 홍
분(紅粉)¹⁾의 낙(樂)을 알지 못하여, 단판 소리에 놀라 날아갔도
다' 하였으니, 이는 바로 이를 두고 말함인가 보옵니다."
선비가 이어 하직 인사를 하니, 좌우에서 서로 위로해 보내기
가 극진하기 이를 데 없었다. 이에 왕이 춘관에게 노자 주는 예
를 시행하도록 하여, 채단(綵緞)이며 금은, 완구, 진귀한 노리개
를 가득 뜰에 펼쳐 놓았다. 이에 감동한 선비는 연이어 절로써
사례하고 문을 나왔다.

─────────────
1) 연지와 분.

그런데 그때 한 미인이 문 밖에 서서는, 그에게 읍하며 말하기를,

"오늘의 놀이는 마음에 드셨나이까?"

이에 선비는 의아하여 묻기를,

"누구이관대 홀로, 더구나 여기에 서 있소?"

하자 미인은 눈물을 흘리며 말하기를,

"옛말에 제 조상은 개원 말기에 양비에게 죄를 얻었다 하온데, 그 일이 문서에 남지 않아 오가는 말이 황당무계(荒唐無稽)로소이되, 천 여 년에 이르는 오늘까지 대대로 누를 끼쳐 당에 오르지 못하였나이다. 널리 사랑하는 앞에 매양 이런 일이 있음을 널리 살펴 주소서."

미인이 말을 채 마치기도 전에 우레 소리 땅을 가르자 선비 문득 깨어나니 꿈이었다. 하지만 꿈이되 술기운이 여전히 선비의 몸에 남아 있고, 향기가 옷에 배어 있었다. 이에 선비는 꿈의 징조를 깨닫고 황홀히 일어나 앉으니, 가랑비는 홰나무에 내리고, 여파(餘波)²⁾는 은은하기만 하더라.

선비는 꿈꾼 것에 몰두하여 기억하고는 후원으로 나아갔다. 후원에는 모란 잎이 비바람에 흩어져 있고, 그 뒤로 복숭아나무와 오얏나무가 나란하고, 그들 가지 사이로 파랑새가 울었다. 대나무와 매화나무는 각기 제 자리를 차지하고 앉았다. 후원 가운데에는 연못이 있고, 연못 한가운데로 푸른 연 잎은 둥실 떠 있고, 울타리 아래로는 국화가 새싹을 틔웠다. 붉은 작약은 활짝 피어 섬돌 위에 흐드러지고, 몇 그루 석류는 화분에 심어져

---

2) 바람이 잔 뒤에도 일고 있는 물결.

있고, 담장 안으로 수양 가지 땅에 드리고, 담장 밖으로는 늙은 소나무 구부러졌다. 여러 꽃의 갖가지 색깔, 벌과 나비가 날고 춤추는 것은 악기와도 다를 바 없었다.

이에 선비는 풍경이 심히 변함을 깨닫고, 문밖의 미인을 생각하고는, 일찍이 출당화(黜堂花)[1] 얻은 것을 생각하고는 꽃을 가꾸는 아이에게 농(弄) 삼아 말하기를,

"이 꽃은 양비로부터 죄를 얻어 된 것이므로 출장이라 부르나니, 바깥 섬돌에 심는 것이 옳을 듯하도다."

선비는 이로부터 글만 읽은 채 다시는 후원을 드나들지 아니하였다.

---

1) 집에서 쫓겨난 꽃.

작품 해설

원생 몽유록

〈원생 몽유록〉은 지조 있는 선비 원자허(원호)가 꿈속에서 임금(단종)과 다섯 명의 신하(박팽년, 성삼문, 하위지, 이개, 유성원), 한 명의 무신(유응부)을 만나 그들의 억울한 사연을 듣고 그 동안 쌓인 회한을 푼다는 내용으로, 이를 통해 세조의 왕위 찬탈을 은연중에 비판하고 있다.

여기서 작품 속의 화자이자 주인공인 원호는 문종 때 집현전 직제학을 지낸 인물이다. 그는 수양대군이 단종을 폐하고 왕위에 오르자 병을 핑계로 원주에서 은거했으며, 그 뒤 단종이 영월 청령포에 유배되자 영월 서강에 관란재라는 정자를 짓고 단종이 유배중인 영월 쪽을 바라보며 지냈다고 한다. 아울러 단종이 죽은 뒤에는 수주면 무릉리 백덕산 아래 토실에서 삼년상을 치르고 고향인 원주에 돌아와 문밖 출입을 하지 않고 단종을 그리다가 죽은 것으로 전해진다.

이 작품의 지은이에 대해서는 임제라고 알려져 있으나 학자에 따라서 이 글의 주인공인 원호로 보는 사람도, 김시습이 지었다는 설도 있다. 하지만 조선 중기 문신인 황여일의 시문집인 《해월 문집》의 기록에 따른다면 임제로 보는 것이 옳을 듯하다.

임제는 조선 선조 때의 문인으로, 호는 백호 · 근재 · 소치 · 풍강 등의 여러 가지를 썼으나, 백호가 널리 알려져 있다. 명종 4년인 1549년에 전라도 나주에서 태어난 그는 어려서부터 고문(古文)을 줄줄 외울 정도로 재주가 좋았고 성격도 호탕하여 동네 사람들의 귀여움을 받았다고 한다. 16세까지 김흠에게서 수학했고, 16세 때 대사헌 김만균의 사위가 되었다. 하지만 정작 벼슬길에 오른 것은 29세 되던 해인 선조 9년에 대과에 급제하면서부터였다. 29세 때인 선조 9(1578)년에 생원 · 진사 양시에 합격하고 이듬해 알성문과에 을과로 급제했다. 이조좌랑을 거쳐 북평사를 지내고, 예조정랑 겸 지제교까지 지냈다. 하지만 봉건적 권위에 반항했던 그는 당시 동서 붕당이 일어나자 벼슬에 환멸을 느껴 명산을 찾아 유랑하면서 풍류를 즐기는 한편 수많은 시와 소설을 남겼다. 이 중에서도 그의 소설은 허균과 더불어 조선 중기 소설의 쌍벽을 이룰 정도로 뛰어났다. 하지만 선조 30년인 1587년에 39세라는 젊은 나이에 요절하고 말았다.

당대 명문장가로 명성을 떨쳤으며 시풍이 호방하고 명쾌했던 그의 문집으로는 《임백호집》이 있으며, 소설 작품으로는 〈화사〉 외에도 〈수성지〉, 〈원생 몽유록〉이 있다.

대관재 몽유록

조선 중종 때 사람인 심의가 쓴 한문 소설로, 〈대관재 기몽〉이라고 부르기도 한다. 꿈속의 세계에서 우리나라 역대의 이상적 문인들이 모두 등장하여 왕국을 건설하고 있다.

작품 내용은 신라 말엽의 최치원이 천사가 되고, 고구려의 을지문덕이 수상이 되고, 고려의 이제현과 이규보가 좌상과 우상이 되어 있다. 끝에 가서는 중국 천자가 되어 있는 당대의 시성 두보가 조선 천자 최치원을 초대하여 시회를 엶으로써 중국과 한국을 대등한 위치에 올려놓았다. 이렇게 하여 꿈속의 세계에서 현실적인 권력 왕국에 대해 문장 왕국을 건설하여 문인들의 이상을 실현해 보았으나 꿈을 깨고 보니 허무하기 짝이 없어, 결국 우리네 인생이 무상하다는 것을 말하고 있다.

지은이인 심의의 자는 의지, 호는 대관재이다. 심의는 문장이 빼어나 1507(중종 2)년에 문과에 급제하여 예문관 검열이 되었다. 직언을 잘하던 그는 1509년 당시의 정세는 군약신강(君弱臣强)임을 진언했다가 공신들에게 미움을 사서 여주부 교수로 좌천되었다. 이때 정치의 도리를 밝힌 글을 왕에게 올려 사헌부 감찰에 발탁되었으며, 이어서 공조 좌랑이 되었다. 하지만 그 뒤 관물을 절취했다는 죄로 탄핵, 파직되었다.

강도 몽유록

조선 시대의 한문 소설로, 지은이와 연대는 알려져 있지 않다. 이 작품은 순전한 허구 소설이 아니라 인조 때 병자호란을 소재로 한 전기체 소설이다.

내용은 청허선사라는 중이, 꿈속에 병자호란 때 절사(節死)한 부인들이 모여 주고받는 이야기를 듣는 몽중담이다. 작자는 병자호란을 더할 수 없는 나라의 치욕으로 끝나게 한 위정자의 실정을 그들 부인의 입을 통해 춘추필법으로 낱낱이 파헤쳤다.

수성궁 몽유록

〈운영전〉이라고도 부르는 작품으로, 조선 중기의 한문 소설이다. 지은이와 집필 연대는 알려져 있지 않다.

내용은 선조 34(1601)년 봄, 유영이 세종대왕의 아들 안평대군의 옛집이었던 수성궁으로 들어가 놀다가 술에 취해 잠을 자고 있는 사이에 안평대군의 궁녀였던 운영과 운영의 애인이었던 김진사를 만나 그들의 슬픈 사랑을 듣는 이야기이다.

대부분의 몽유록 소설들이 이야기 전개가 꿈속인 데 비해 〈수성궁 몽유록〉은 현실의 삶과 꿈속의 삶이 결부되는 등 색다른 면을 지니고 있기도 하다.

안빙 몽유록

조선 중기 문신인 기재 신광한이 지은 《기재기이(企齋記異)》에 실린 것으로, 서생인 안빙이 꿈속에서 낯선 여러 사람을 만나 교유한다는 내용을 담고 있다.

과거에 여러 번 응시했지만 낙방한 안빙이라는 서생이 별장에서 시를 읊고 지내다가 잠이 들고, 인간 세상이 아닌 곳으로 가게 된다. 그는 그곳에서 만난 이들과 시를 나눈 뒤 땅이 깨지는 듯한 뇌성을 듣고 깨어 보니 한바탕 꿈이었다는 내용이다.

지은이인 신광한은 조선 중기의 문신으로, 신숙주의 손자이기도 하다. 조광조 때 신진사류로 등용되었다가 기묘사화 때 삭직된 후 다시 등용되어 좌찬성에 올랐다. 문장에 능하고 필력이 뛰어났으며, 문집으로 《기재집》과 소설 《기재기이》를 남겼다.

┃구 인 환┃

서울대학교 사범대학 국어교육과 졸업
서울대학교 대학원 국어국문과 수료(문학 박사)
서울대학교 사범대학 교수
국어국문학회 대표이사 및
한국소설가협회 이사
문학과문학교육연구소 소장
서울대학교 명예교수

우리 고전 다시 읽기

몽유록

초판 1 쇄 인쇄   2004년 6월 5일
초판 1 쇄 발행   2004년 6월 10일

엮 은 이   구 인 환
지 은 이   임 제 외
펴 낸 이   신 원 영
펴 낸 곳   (주)신원문화사

주   소   서울시 강서구 등촌1동 636-25
전   화   3664-2131~4
팩   스   3664-2130

출판등록   1976년 9월 16일 제5-68호

＊ 잘못된 책은 바꾸어 드립니다.

ISBN 89-359-1188-7 04810